文春文庫

京都・春日小路家の光る君

二

天花寺さやか

文藝春秋

目次

序章　9
第一章　春日小路グループと中村家　46
第二章　中村家の鬼と京都の光明　112
第三章　五十嵐篤と大阪の襲撃　132
第四章　中村樹里と秋の競《くら》べ馬《うま》　前編　155
第五章　中村樹里と秋の競べ馬　後編　194

登場人物紹介

山崎炉子《やまざきろこ》
父親が営む大衆食堂「山咲」の配膳係だったが、「山咲」の窮地を救うため、春日小路家の使用人として働くことに。

春日小路翔也《かすがこうじしょうや》
京都の名家・春日小路家の次期当主。四人の「花嫁候補」との縁談を進めている。

裳子《もこ》
炉子が小学生のときに拾った、火の精霊。

由良清也《ゆらせいや》
春日小路家当主・道雄の付喪神。翔也の付き人として行動を共にしている。

～縁談相手の付喪神たち～

瑠璃《るり》
加賀家の令嬢・愛子の付喪神。

巌ノ丸《いわのまる》
御子柴家の令嬢・るいの付喪神。

湊《みなと》
松尾家の次期当主・貴史の付喪神。

豊親《とよちか》
中村家の令嬢・樹里の付喪神。

この作品は文春文庫のために書き下ろされたものです。

イラスト　久賀フーナ
デザイン　野中深雪
DTP制作　エヴリ・シンク

二
京都・春日小路家の光る君

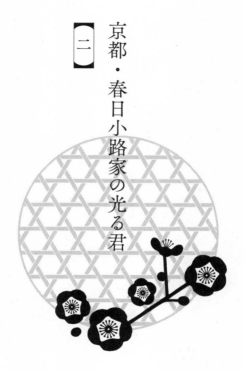

序章

同じ青や雲のように見えて、京都の夏の空は、見ているだけで甘味を味わうような、そんな気分になるという。

羽衣のような柔らかな雲がたなびく春の空に対して、夏の空は、遠くに見える綿あめのような雲が幾重にも膨らみ、爽やかな空のサイダーに浮かぶよう。

そういう事を父・祐司《ゆうじ》から聞いて、甘さの想像に釣られて四季の空を楽しむようになったのは、何歳ぐらいの頃だったか。

山崎炉子《やまざきろこ》は、春日小路《かすがこうじ》家《け》の本宅の庭で草木に水をやりながら、ふと思い出す。シャワー状の水を出していたホースの口を締めて、空を見上げた。

相変わらず、京都の空は暑くて、爽やかで、美しい。

締めたホースの口から垂れる冷たい雫《しずく》が、炉子の履いている和柄サンダルに落ちて、爪先を濡《ぬ》らした。今の炉子は作業着代わりの浴衣を着ているので、両脇の身八《みや》つ口《くち》から入る涼しい風も、炉子の体を心地よく冷やしてくれた。

（サイダーと言えば……。もうちょっとで、愛ちゃんが来る時間や。冷蔵庫には、ちゃんとサイダーが用意してあって、お菓子のゼリーもばっちり。電話で聞いた話やと、愛ちゃんは炭酸がいける子やったから……。これで大丈夫なはず！）

炉子は涼しい風を受けつつ、頭の中で、おもてなしの準備を確かめた。

京都御苑の東隣、春日小路家の本宅に住み込んで働いている炉子は、今やすっかり家事手伝いの仕事にも慣れて、本宅の中の、あらゆるものを熟知している。

仕事であるからとはいえ、それこそ炉子は今、冷蔵庫に何が入っているかを調味料一つに至るまで暗唱する事が出来るし、陰陽師《おんみょうじ》の家柄・春日小路家の本宅らしい事情であるが、社会の穢《けが》れをまとった蝶や蜂、雀等といった小さな生き物達が、大体どの辺りから塀を越えて、中庭の、どの辺りに住み着いてしまうかも知っていた。もちろん、その穢れを封じる際に使う塩や札の残量も、きちんと把握している。

今朝早くから始めた掃除や、冷蔵庫の食材の補充は完璧に終えている。あとは、来客の加賀愛子《かがあいこ》を待つだけ。

水やりを終えて本宅に入ると、少し経ってから、炉子のスマートフォンにメッセージが入った。

（着いたよ！）

読んだ画面を閉じて、炉子は玄関に向かう。

門の戸を開けると、猫の瑠璃《るり》を抱いた加賀愛子と、予想外の人物が立っていた。

「愛ちゃん、おはよう！　……と……？　御子柴《みこしば》さん……？」

「おはよう、炉子ちゃん。今日はお招きありがとうね！　……先に言っておくけど、私が連れてきたんじゃないのよ。タクシーから下りたら、ちょうど御子柴さんも、ここに来る途中だったの」

愛子が掌《てのひら》で示すと同時に、御子柴るいが頭を下げる。

「あ、あの……。おはようございます……。先日は、お世話になりました……」

そして、すみませんでした、と消え入りそうな声で呟《つぶや》くるいの頭には、明らかに人工物だと分かる、女性用のボブカットのカツラが被せられていた。

京都の「霊力持ち」の名家・春日小路家は平安時代から続く陰陽師の家柄であり、現当主・春日小路道雄《みちお》を社長として、一族特有の「封じる力」を込めた竹細工やリメイク和雑貨の制作・販売、そして、三つの会社のオーナー業を務める事で、今日まで富を得ている実業家一族だった。

その跡取りの縁談は風変わりで、まず目を見張るのが、複数の相手との縁談を同時に進める合同形式。各縁談相手が交代で開く四季の催しを審査対象として、合議制で結婚相手を決めるというものだった。

現在の春日小路家では、跡取りである次男・春日小路翔也《しょうや》が縁談に臨んでおり、四家の縁談相手も次期当主の妻、いわゆる「北の方」候補に相応しく、春日小路家傘下の子会社の跡取り達や、得意先の令嬢で構成されている。

苦境に立たされた実家の大衆食堂を助けるために春日小路家に雇われた炉子は、自身も霊力持ちではあるものの、縁談の初顔合わせでその豪華な顔ぶれを見て、それぞれを殿上人《てんじょうびと》と仰いで呆然とした事を、今でもよく覚えていた。

この縁談でさらに変わっているのは、とある「特別審査」がある事。人ならざるものが見える・聞こえる・触れる・果てには使役も出来る、という霊力持ちの春日小路家とその縁談相手達は、それぞれ式神《しきがみ》のような「付喪神《つくもがみ》」を所有しており、それらを戦わせて縁談の成否が決められるという、博打《ばくち》に近い「付喪神同士の試合」なるものが存在していた。

例えば縁談相手の一人が付喪神同士の試合を次期当主に申し込んで勝った場合、その時点で縁談は全て終了となり、勝った縁談相手が無条件で春日小路家の次期当主の伴侶に決定する。反対に次期当主の方が勝てば、敗れた縁談相手はその場で縁談破棄とされ、無条件で脱落となるのだった。

今、炉子の前に立っている愛子は、春の行事で翔也に付喪神同士の試合を申し込み、激戦の果てに敗れて北の方候補から脱落した、春日小路家傘下の一つ・カガホテルの社長令嬢。

愛子の隣にいる御子柴るいも、同じく傘下の一つ、みこしばツアーズの社長令嬢として夏の行事を担ったものの、勃発したトラブルによって、翔也本人から縁談破棄と脱落を言い渡された身だった。

るいが主催した夏の行事がいかなる惨状で終わったかは、炉子の心にも、未だに忘れられない衝撃として残っており、今のるいの髪型がそれを如実に示している。カツラの下のるいの本当の髪型は、贖罪《しょくざい》のために自ら鋏《はさみ》で切り落としたがゆえに、長く豊かで、美しかった黒髪は無残にも襟足より上しかないはずだった。

愛子は以前から本宅に遊びに来ると約束していたので、今日こうして自らの付喪神・瑠璃と共に炉子を訪ねてきているが、るいとは何の約束もなく、炉子は、門前に立つるいを見つめて、一瞬戸惑ってしまう。

翔也から伝え聞いた話では、るいとその付喪神・巌ノ丸《いわのまる》は、自らの失態で縁談を壊してしまった事を、るいの父親である御子柴家の家長・栄太郎《えいたろう》から厳しく責められ、その怒りによって、つい先日まで自宅謹慎を命じられていたという。巌ノ丸に至っては、その謹慎が未だ解かれていないらしい。

そのため、愛子と違ってるいは一人で現れ、申し訳なさそうに手提げ袋から菓子折りを出し、

「あの、先日の夏の行事では、ご迷惑をおかけして本当に申し訳ございませんでした……。こちらでお詫びになるかどうか分かりませんが、どうか皆様で召し上がって下さい」

と言って、深く頭を下げながら差し出した。

炉子は「えっ」と小さく声を上げ、急いで首を横に振った。

「そ、そんなんやめて下さいよ、るいさん！　私は別に、あの時のるいさんの事を怒ってるとか、そんなんじゃないですし……！　それに、若旦那様だって、社長とか、春日小路家の皆さんかって、全然怒ってはりませんよ⁉」

「で、でも……」

「と、とにかく、それを受け取れるかどうかは家事手伝いの私では判断出来ないんです。なのでいっぺん、若旦那様に連絡してみますね？」

　るいが今日ここに来た目的は、どうやら夏の行事で迷惑をかけた詫びの菓子折りを渡して、改めて自らの口から謝罪する事だったらしい。

　しかし、現当主である道雄の付喪神の由良《ゆら》清也《せいや》や、道雄からの信頼が厚い総務部長の円地《えんち》茂《しげる》ならばともかく、一従業員でしかない炉子は、翔也本人や道雄の許可なしでは物品を受け取る事は出来ない。

　それを知ったるいが悲しそうな顔をして俯《うつむ》き、菓子折りが行き場を失くしてしまう。炉子も申し訳なく思って俯き、受け取りたくても受け取れない手が宙を彷徨《さまよ》ってしまった。

　気まずい空気が流れると、愛子に抱かれていた瑠璃がすっと猫の顔を上げて、炉子に助け舟を出してくれる。

「ほな、お菓子そのものは、一旦、愛子さんが預からはったらどうでしょうか。愛子さんもるいさんも、お互い、子会社のお嬢さんにして、縁談を脱落した者同士。立場はおんなじです。これやったら、お菓子を渡しても受け取っても、何も問題ないと思いますえ」

その間に、炉子が翔也に連絡すればいいという瑠璃の提案に、炉子もるいも顔を上げ、主たる愛子が満面の笑みで瑠璃を抱きしめた。

「瑠璃、頭いいじゃない！　さすがは私の付喪神ね」

「うふふっ。おーきに」

瑠璃が悪戯《いたずら》っぽく、にゃあと一鳴きした。

炉子は早速、翔也に電話をかけて事情を話し、菓子折りを受け取る許可を貰う。その間に、愛子がるいから菓子折りを確かに受け取っていた。

瑠璃の機転で事はすんなり片付いたものの、るい本人は、また人に迷惑をかけたと思っているらしく、菓子折りを渡した後も、なお俯きがちである。

電話を終えた炉子が、

「若旦那様から許可を頂きましたので……。少し、上がってお茶でもいかがですか？」

と、尋ねても、るいはただ首を横に振るばかりだった。

「いえ、あの……。私はここで大丈夫です……。失礼しますね。あの、ありがとうございましたっ！　光る君様、いえ副社長様に……、翔也さんに、よろしくお伝え下さいませ」

最後に深く一礼した後、るいは踵《きびす》を返して足早に本宅から去ってしまった。

るいの、紹《ろ》の着物の後ろ姿を、炉子達は見送る。

じっと見ていた愛子が口を開いて、

「ねえ。確か御子柴さんって、副社長の事が好きだったのよね？　だから夏の行事で、副社長に破棄を言い渡された時は、凄く落ち込んでたって聞いてるし、縁談の結果を知った御子柴家の家長が凄く怒ったって、ママから聞いたけど……」

「はい……。そうらしいです。ある程度は、立ち直られているとは思うんですけど……」

答える炉子の顔を、愛子が凝視する。

「な、何か？」

「また、敬語に戻ってるわよ。私と炉子ちゃんは友達なんでしょー？」

愛子が口を尖らせたので、炉子は苦笑して「うん」と言い、

「でもほら、今の話題は春日小路家の話やし、そこに雇われてる私がタメ口なんも、おかしいやん？」

と言うと、愛子もあっさり、

「まぁねー。炉子ちゃんのそういうとこ、私、好きよ？」

と、答えて笑った。

その後、炉子は愛子と瑠璃を本宅の居間に上げて、用意していたサイダーとフルーツゼリーを振る舞う。

京都でサイダーとゼリーの組み合わせとなると、すぐに四条木屋町《しじょうきやまち》の老舗《しにせ》喫茶店「喫茶ソワレ」のゼリーポンチが連想される。

食べられる宝石とも称されるゼリーポンチと幻想的な店内について、炉子、愛子、瑠璃が話題に花を咲かせていると、瑠璃が、

「あそこは、今日は特に、お客さんがぎょうさん来たはりますやろなぁ」

と言ったのに愛子が繋げて、

「でしょうねぇ。だって今日は宵山《よいやま》だものね。浴衣を着て、お昼は喫茶店でお茶をして、夜に宵山へ……、っていうコースの観光客の人達は、外国の人も含めて結構いると思うわ。なかなかのスケジュールで、猛者《もさ》だと思うけど……。ソワレさんは、まさに山鉾《やまほこ》町《ちょう》が目の前の、京都の超有名な喫茶店だものね」

と言いながら微笑《ほほえ》んで、サイダーのストローをくるりと回した。

「確か春日小路家は、宵山の日はお得意様への挨拶回りをするんでしょ？　山鉾を出しているご町内での……。炉子ちゃんも行くの？　夏の着物で正装して？」

「うん。昨日、円地さんに、紗《しゃ》の色無地を用意してもらったよ。でも、私は従業員やし、同行っていうよりは多分、社長や若旦那様達の小間使いというか、後ろにくっついて行く感じになると思う。絶対、汗だくになりそうー」

「あらまぁー。大変そうねー。でも、仕事だもんね。熱中症には気を付けてね」

「うん。ありがとう！」

同年代の愛子と話すのは、教室でのちょっとした雑談みたいで楽しい。

春日小路家に雇われてから得た思わぬ友人の存在を嬉しく思いつつ、炉子は愛子が時折ストローで鳴らす氷の音や、夏の風情としてだけでなく、魔除《まよ》けとしても軒先に吊るしてある竹製の風鈴の音を楽しみ、それを作った春日小路家の次期当主・翔也の事を、秘かに想っていた。

宵山は、八坂《やさか》神社の祭礼・祇園祭《ぎおんまつり》の代名詞ともいえる行事の一つであり、山鉾を出す町内、いわゆる山鉾町に住む人達が、自分達の鉾や山を飾ったり、参拝者に粽《ちまき》を授与したり、祇園囃子《ばやし》を奏でるといった神事または行事を、巡行の前日まで三日間にわたって続けるものである。

今晩七月十五日は、その祇園祭の、前祭《さきまつり》の宵山中日だった。

春日小路家の竹細工の顧客には、先祖代々山鉾町に住んで、保存会等の役員としてお祭に奉仕している京都の老舗の社長、つまり、自営業の人も多いという。

その人達をはじめ、山鉾町の人達にとっての祇園祭は、正月にも匹敵する一年で最大の慶事。

ゆえに春日小路家は毎年、宵山になると現当主と次期当主が自ら献酒を持参して山鉾町に参じ、日頃の感謝を込めて、山鉾町に住む人々や顧客に祝いの挨拶をするのだった。

一般に宵々山と言われる十五日や宵山の十六日は、山鉾町の道路に露店が出るので混雑を極める。その二日間は、京都府警による交通規制が敷かれるのはもちろん、四条通りを筆頭に、いくつかの道路は歩行者の一方通行まで決められていた。

今、紗の色無地を着た炉子を最後尾として、春日小路家の家紋「籠目《かごめ》に剣片喰《けんかたばみ》」を染め抜いた紗の紋付羽織《もんつきばおり》をまとった道雄や翔也に、夏のスーツ姿の由良、円地と続く春日小路家一行が、何万もの人々に交じって宵山を歩く。そこかしこで祇園囃子が聞こえており、浴衣を着た見物人達の楽しそうな声や熱気が、祭の空気を一層盛り上げていた。

炉子達はまず、四条通り沿いの長刀鉾《なぎなたほこ》で、保存会の役員として奉仕している顧客に挨拶して献酒を奉じたのち、京都府警が誘導する交通規制や一方通行に沿いながら、全部で二十三ある前祭の山鉾町を巡回した。

（やっぱり、しっかり全部回らはるんやな。さすが京都の経営者……）

人の縁を大切にする京都において、慶事の挨拶回りが商売においていかに大切であるか。それを炉子は、大衆食堂で育った身としてよく知っている。

現当主にして、株式会社かすがの社長である道雄は、どの山鉾町の顧客に会っても必ず丁寧に、今忙しくないかを確かめてから町会所へ入り、

「いつもお世話になっております。本年も、まことにおめでとうございます」

と、気持ちを込めて祇園祭斎行のお祝いを述べ、御神体にお供えするための純米大吟醸の献酒を手渡ししていた。

次期当主である翔也も、父を立てつつ顧客へ同様に挨拶し、父とは別に、自ら用意した献酒を渡す。地に足を付けた商売を怠《おこた》らない父親の姿を見て学んで、翔也は、やがては自らが上に立つに相応しい、次世代の威厳《いげん》を着実に蓄えていた。

二人の挨拶を受けた相手は、信頼を寄せた笑みを浮かべてお礼の言葉を返したり、

「お陰様で、今年も不運なくやらしてもうてます。春日小路さんも、翔也君という跡継ぎがいはりますから、これからが楽しみですね」

と、春日小路家の未来を寿《ことほ》ぎつつ、自分の町内の、山鉾の御神体のご利益が込められた粽を授与して、春日小路家との縁を深めていた。

どの山鉾町でもなされたその光景を、炉子は末端の使用人として由良や円地と共に外で待機しながら、尊敬の眼差しで眺める。時間があれば顧客自らが春日小路家を山鉾の御神体の前まで案内してくれる事があり、道雄を筆頭に炉子達が丁寧に挨拶すると、町会所の奥に飾られている御神体が、霊力持ちにだけ聞こえる声で、

「おおきに。ようお参りでした」

と、労ってくれるのだった。

そんなひたむきな挨拶回りを続けた結果、やがて残ったのは、室町通り沿いの山鉾町だけ。

室町通りでは、いくつかの町内が南から順に、白楽天山《はくらくてんやま》、鶏鉾《にわとりほこ》、菊水鉾《きくすいほこ》、山伏山《やまぶしやま》を出しており、どれも、瓦屋根の並ぶ夜の町家を借景に、駒形提灯《こまがたちょうちん》が灯って賑わっていた。

山鉾を出している町内には、春日小路家の顧客の中でも特に、曾祖父の代から竹細工を買い続けている人がいるらしい。

保存会の役員をしていた六十代の男性が、やってきた春日小路家一行を見るなり、

「おっ、道雄君。ありがとう！　忙しいのに悪いねぇ毎年。息子さん共々、お元気そう

で」

と、笑顔で出迎えて、献酒を受け取った後で道雄と翔也に粽を授与していた。

竹細工が不運を封じてくれる事によって、男性の家族や自社の従業員はもちろん、家族の付喪神まで日々健康でいられるらしい。

「おたくの竹籠を新調さしてもうた後にね、僕ね、スイミング行ったんすよ。ほしたら、やっぱよかったね。もう腰が全然違う。軽うて、軽うて。いつも行ってる整体の人も、僕の腰にすっごい驚いてたんすよ。『あれ、三浦さん、腰硬かったんちゃいますのん⁉』って。やけどね、向こうは霊感も何もあらへん人なのよ。竹細工の事を言う訳にもいかへんし、それで、そん時は僕も『さぁ、何ででしょうねぇ？　ほんま、運ようなりましたわ！』しか、言えませんでしたわ！」

嬉々として竹細工の恩恵を話す男性に対して、道雄や翔也も嬉しそうだった。

この時、町会所から一匹の豆柴《まめしば》が男性のもとまで走り出て、楽しそうに足元でじゃれ始める。豆柴の気配はあやかしのそれであり、豆柴の胴体の綺麗な毛並みには、スクリーンに投影されたような夜空が映っている。豆柴の耳元にある小さな宝石も、耳飾りを着けているのではなく、豆柴の体の一部だった。

翔也が尋ねると、豆柴は男性の妻の付喪神だという。

「しーちゃんっていうんです。僕の嫁がめちゃくちゃ可愛がってて……。今日はやっぱりお祭やさかい、本人もはしゃいでるんでしょうねぇ。ほれ、しーちゃん。遊ぶのは後や。向こう行っとき」

男性は、説明しつつもしーちゃんをひとしきり撫で回し、町会所の奥にいる妻のもとへ戻るよう尻を軽く押す。

それを見た炉子は、生き別れになった獣型の精霊・裳子《もこ》の事を思い出すと同時に、春日小路家や四家の者以外の付喪神を知った事に新鮮さを感じていた。

しーちゃんの外見と名前から、確か名前に「し」の付くブランドがあったはずだ、と炉子は考える。

「可愛いですね。……しーちゃんは、ひょっとして腕時計の付喪神ですか？」

正解だったらしく、男性が「おっ」と声を出して笑顔になった。

「さすがですねぇ。そうなんです、あの子の本体、腕時計なんですよ。女性向けのブランドの……。やっぱり、そういうのが好きな人はすぐ分からはるんですね。付喪神を持ってる僕の友人なんかは、『天体望遠鏡の子？』なんて、頓珍漢な事を言うてましたわ！　まぁ、僕も多分、似たような事を言うでしょうけどね」

男性の笑い声に、道雄や翔也、由良や円地も笑って同意する。五人とも本体を言い当てた炉子を褒めたので、炉子は嬉しくなって、つい頰を薄赤くした。

春日小路家の縁談では、付喪神の本体を相手に知られるのは致命的だが、普通の霊力持ち同士では特に問題ないらしい。

答え合わせというふうに、男性が町会所の奥にいる妻を呼ぶ。しーちゃんを抱っこした妻が男性から話を聞いて、炉子に左腕に着けた腕時計を見せてくれた。妻の腕時計には十二と四、八の位置に小さなダイヤモンドが付いていた。

「これね、私が退院したお祝いに買うたやつで、買って三日後くらいに腕時計がわんわん吠え始めて、それで『しーちゃん』が生まれてん。今ではこんな大きな子になって……。そういう経緯があるからか、私が風邪引いた時なんかは、ずっと傍にいてくれんねん」

「そうなんですね！　しーちゃん、お母さん想いのええ子やねー」

炉子がしーちゃんの顎を撫でると、しーちゃんもそれに応えるように、目を細めて首を差し出してくる。それを見た炉子は、裳子の代わりにと目一杯しーちゃんを撫でてあげるのだった。

しーちゃんと戯れながら、付喪神の本体を当てられた事に炉子が内心満足していると、翔也がそっと囁《ささや》いてくれる。

「山崎さん、お手柄やな。もしこれが例の試合やったら、俺らの勝ちは確実やで」

そう言われると何となく、春日小路家の力になれた気がして嬉しくなる。炉子がついとびきりの笑顔で頷くと、翔也もまた、それを一秒だけじっと見た後で、ほんのり嬉しそうに頷いてくれた。

「まぁ、でも、このしーちゃんやったら俺、可愛くて試合なんか出来ひんけど……」

「ほんまにそうですよね。私も絶対に無理です。体格も裳子に似てますし……。私今、ちょっと裳子の事を思い出したんですけど、裳子もこんな風に可愛がってもらえてたらいいなって思います」

「それは、きっと大丈夫や」

翔也の答えはそれだけだったが、炉子には何よりの支えだった。

妻がしーちゃんを抱っこして町会所の奥へ戻ると、男性が道雄と話し始めて、やがて翔也もその輪に交じって三人の世間話に発展する。内容は京都の商売や新たな竹細工の注文となっていった。

「道雄君、実はね。僕の嫁も竹細工欲しいわぁ、欲しいわぁ言うてて。もしよかったら、今回新調してもうたついでに、もう一つ頂こうかなぁと思ってんねんけど……どうです？　いけそうかなぁ」

「もちろんですよ。ありがとうございます。そんな、三浦さんが言うてくれはったら、いつでも作ってお持ちさしてもらいますて。いつも出さしてもうてる竹籠とは違って、奥様の、専用の竹細工って事でいいんですよね？」

「うん、そうねー。そやね。竹細工の中でも、小物でええと思うわ」

「分かりました。竹の簪《かんざし》とかでも、構へんですかね？」

「多分ね。まぁ詳しくは僕の嫁から直接聞いて。あいつも色々要望があると思うし、霊力的な、しーちゃんとの相性もあると思うしね。竹細工を作る時の儀式で本人が出席せなあかん時は、予定も調整せんとやしねぇ」

「おおきに、ありがとうございます。分かりました。ほんなら、近いうちにメールさしてもらいますね」

道雄と男性の会話に耳を傾けるだけで、春日小路家の竹細工の受注・生産・納品の流れが、何となくでも理解出来る。より不運を封じる力の強い、上位の竹細工を作るには、神社で行うような陰陽師の儀式が必要らしい。祈りや儀式が重要とされる点は、いかにも京都の商売らしいなと炉子は思った。

さらに炉子は、今まで話だけ聞いていた春日小路家の竹細工の効果がいかに本物であるかも、男性の満たされた表情を通して実感する。

話し込む二人の輪から外れた翔也が、炉子達の元に戻ってくる。それを迎えた炉子はほんわかした心のまま、

「やっぱり春日小路家は、縁の下の力持ちですね」

と、以前由良へ話した事を呟くと、すぐにそれを、翔也は知らないはずだと思い出した。

「あ、すみません。縁の下の力持ちっていうのは……」

説明しかけたところで、翔也がとても嬉しそうな、柔らかな笑みを見せる。

「実はこの前、由良から聞いた。うちの竹細工について、『その人達の不運を、春日小路家の竹細工がいつも封じているからこそ、皆さん健康で、毎年お祭にご奉仕出来てるって事ですよね』って、言うてくれたんやってな。ほんでその後、『京都の伝統文化を担う方々を不運から守る事で、間接的に、京都の伝統行事を守ってるみたいで……。まさ

に縁の下の力持ちですね！』って……。ありがとう。又聞きでも嬉しいわ。山崎さんの褒め言葉には、言霊《ことだま》みたいな力がある気がする」

自分の言葉を暗唱されたうえに、予想外に褒められたので、炉子はまた赤面する。

「ゆ、由良さんも若旦那様も、一字一句覚えてるんですか⁉ 私、そこまで言いましたっけ⁉」

隣の由良を見ると、平然とした顔で「言ってましたよ？」と返す。

炉子は笑って誤魔化《ごまか》しつつ、恥ずかしくなって目を伏せたが、翔也がそれを茶化す事はなかった。

「す、すみません。何か、熱い事を言うちゃって。あはは－……」

「いや、構へんで。俺は、そういう理論的で前向きな考え方は、凄くええ事やと思う。正直言うと、春日小路家はごくたまに、『人の不運に付け込んだ商売やな』って言われる事があんねん。でも、今の山崎さんみたいに、そんな風に言うてくれる人がいると春日小路家は凄く救われる。存在意義があるんやなって思えるから、ありがたいわ」

「ありがとうございます。よかったです！」

出会った当初、光る君と称される顔立ちや冷静な性格が先立って、炉子は翔也を高嶺《たかね》の花のように思っていた。

しかし、使用人として雇われて、主従関係を通して日々を共にするようになった今では、その冷静さや判断力の中に、家や商売、自分以外の相手などに思いを巡らせて気遣い、翔也なりに、自分の立場を背負っているという健気《けなげ》さがある事に気付いていた。

「でも……。私のその褒め言葉は、多分、若旦那様の影響ですよ。理論的かつ前向きっていうのは、若旦那様がそうやったので……」

　だからこそ、実は翔也とて、傷つきやすい一面を持っており、

「……俺？」

「はい。六年前に出会った若旦那様に、です。あの時の若旦那様は、そういう考え方で私を励ましてくれましたから！」

「……そうか」

　と、今度は翔也が、先程と違ってわずかに寂しそうに目を伏せた時、あ、と、炉子は自分の失敗に気付いたが遅かった。

　今でこそ、跡継ぎと使用人という立場の翔也と炉子だが、その出会いは正確には六年前まで遡《さかのぼ》り、雪の夜に涙に濡れていた炉子を、翔也が励ました事に始まる。

　その後、炉子と翔也は偶然の再会を果たしたが、翔也は当時の記憶を失っていた。翔也の記憶を取り戻す重要人物として、また、当時翔也を襲ったらしい犯人を縁談で見つけ出すために、炉子は春日小路家に雇われて、今に至るのだった。

　翔也の記憶喪失の範囲は襲撃された当日のみという限定的なものなので、今の翔也の生活自体にさしたる影響はない。それでも、記憶のない今の翔也本人にしてみれば、当時の自分と今の自分は、同姓同名で同じ顔立ちの、まるで別個の人間のように思えるは

ずだった。

炉子が覚えている「互いを名前で呼び合った、雪の日の翔也君」は、今の翔也にとっては、全く身に覚えのない、全く記憶のない別人の「自分」なのである。

ゆえに今、互いを「若旦那様」「山崎さん」と呼び合っており、当時と今の翔也を比較しないようにしていたはずなのに、炉子は親しくなったあまりに、うっかりそれを失念していたのである。

「あの！　すみません若旦那様！　別に私は、あの時と今がどうとか、そういう話じゃなくて……」

炉子が急いで頭を下げると、翔也は怒る事なく許してくれる。

「大丈夫。別に何とも思ってへんで。俺も、変な反応してごめんな」

「いえ……」

それきりお互いに黙ってしまい、翔也が怒っていないのは確かなのに、気まずい空気が流れてしまった。

遠くで鉾上からの祇園囃子が響く中、由良と円地がさりげなくフォローしてくれる。

「翔さん。別に、当時も今もどっちだって貴方なのですから、気にする事はありませんよ。山崎さんだって、どちらの翔さんも大切なはずですよ。ねぇ、山崎さん？」

「はい！　勿論《もちろん》です！」

「よかったら皆さんで、先に、次の山鉾町へ行かはったらどうでしょう？　社長と三浦さん、まだだいぶ話し込んでるみたいですし……。三人で次の顧客さんのとこへ行って、ご挨拶を済ますでもいいと思いますよ。僕が残って社長に言うときまして、後から一緒に行きますんで」

　円地の提案に、翔也が微笑んで頷いた。

「ああ、ほな、そうしますね。円地さん、ありがとうございます。お願いします。――由良、山崎さん。行こか。山崎さんは、ほんまに気にしんといてな」

「はい。ありがとうございます。恐縮です……」

　翔也は穏やかな笑みを浮かべながら、炉子にくるっと背中を見せた。

　その後、円地を残して室町通りを北上し始めた炉子達だったが、炉子はどうしても、先程の失態を思って足取りが重くなる。

(私、若旦那様に、何て事言うたんやろ⁉　覚えてない昔の話を出されたら、そら誰でも嫌なはずやんな……。私のあほぅ！　このばかちんっ！)

　申し訳なく思うと同時に、翔也が今、記憶を失くしているという事実が炉子の心に突き刺さる。

　たとえ一部でも、自身の記憶が欠けているというのは他人が思う以上にもどかしいはずで、それについて誰よりも翔也本人が気にしているのではと気づいた今、炉子は、表面上は穏やかさを装っていても、内心すっかり胸が痛くなった。

(もし、若旦那様が辛い思いをしてるんやったら……。そばにいて、慰めてあげたいなあ……）

しかし、今の自分は六年前と違って、使用人以上の感情は出せない。

縁談中の次期当主への、叶うはずのない恋心が、駒形提灯の光と共に揺れていた。

あれやこれやと考えていた炉子は、宵山の混雑に呑まれて足を取られてしまい、つい転びそうになる。

その隙に、他の見物人達が先を歩く翔也と由良の後ろに入り込み、さらに、室町通りの中で人ごみに押された炉子は、二人との距離がどんどん開いてしまう。

（あっ、あかん。迷子になる……！）

「ゆっ、由良さん。若旦那様……っ」

二人を呼ぼうと上げた声も、祭の賑わいに掻《か》き消された。

炉子は追いつくどころか路傍まで流されてしまい、ついには二人の姿も見えなくなってはぐれてしまった。

（しもた。……やってもうた……）

翔也に悲しい思いをさせただけでなく、考え事をしてはぐれるという失態を重ねた炉子は、行き着いた路傍で足を止めて、大きく溜息をつく。

幸いにも、改めて自分のいる場所を確かめてみれば、室町通りと錦小路《にしきこうじ》通りの交差点。

暗がりの中、京都府警による一方通行の誘導に合わせて、人々が次から次へと流れている。それを見た炉子は、下手に動き回るよりも、ここでじっとした方がいいと判断した。

由良達に連絡するために、着物の懐《ふところ》から自分のスマートフォンを出す。

その時ふと、遠くに見える山鉾が目に入り、同時にそばを通り過ぎる見物人達の会話が耳に入ったので、炉子は思わず反応した。

「あの山鉾って、何であんなに大きいんですか？」

「あれはねぇ、依《よ》り代《しろ》の役目を果たしてるんです。あそこに疫神《えきじん》を集めて、封じるんです。だから山鉾は、巡行が終わったらすぐにばらして片付けるんですよ。それで初めて、町がちゃんと清められて、お神輿《みこし》が町に来れるんです」

「へぇ。そうなんですね！」

山鉾が疫神を集める依り代であるという事を、炉子は初めて知った。

京都生まれの京都育ちでも、案外知らん事が多いんやなと、炉子が苦笑した瞬間。

「……っ？」

突然、炉子の体に衝撃が走る。脳裏には、全く身に覚えのない光景が、刹那《せつな》の稲妻のように映し出された。

(待って、何……⁉　お母さん……⁉　どういう事……⁉)

衝撃は全身を駆け巡り、映し出された光景は、無声映画のように声はなくとも鮮やかに繰り返される。

今、炉子の脳裏に浮かび上がっているのは、自分の母親が炉子に何かを喚《わめ》いて山崎家を出て行く光景。母・みずきが出て行った時の、幼き日の炉子が見た景色だった。

たったそれだけが繰り返される、断片的なもの。

だが突如として現れた辛い光景は、炉子を戸惑わせ、体に異常をきたすのには十分だった。

ひっ、と息を飲んだ炉子の膝《ひざ》から力が抜ける。気付けば呼吸を荒くして、その場にしゃがみ込んでいた。

一瞬また、春のお茶会の時のような異常事態かと思って懐に手を伸ばしたが、今回はどうも違うらしい。

今、炉子が否が応でも思い浮かべてしまう光景と、そこに起因しているらしい体の異常事態は、春の時に感じた悪寒よりも何倍も重くて、辛くて、そして悲しかった。

みずきは、明らかに炉子への恨みを込めて喚いているが、何を叫んでいるのかは、脳裏に浮かぶ映像からは全く聞こえない。

(何、何……⁉ 早く終わって……!)

炉子は懐から翔也の母の形見のネックレスを出して強く握り締めたが、以前と違って一向に改善されない。

ネックレスの効果がないのではなく、今の状態が、自分の内面から起こっているものだと炉子は本能で確信する。とすると、やはりこれは炉子自身のフラッシュバックによるものと見て間違いなかった。

脳裏に映る光景はあまりにもリアルで、自分が勝手に作り出した妄想とは思えない。

自分にももしや、今までずっと忘れていた、何かの記憶があるのではないか——。

炉子の父親である祐司からは、「母親は、自由奔放《じゆうほんぽう》な性格から自由を求めて出て行った」と教えられ、炉子は今の今までそれを信じていた。

しかし今の光景から察すると、みずきは自由奔放さからではなく、逃げるように山崎家から出て行ったのかもしれない。

正確には、炉子から逃げるように、出て行ったのかもしれなかった。

(何で……!?　どういう事……？)

しかしそれ以上を考えるのは、もはや全身全霊が拒絶しており、炉子は過呼吸気味になった自身の体が倒れないよう、必死に意識を保つ事しか出来なかった。

(ここでもし救急車を呼ぶとかになったら、また若旦那様達に迷惑がかかる……！　それだけはほんまに、それだけは嫌や……っ！)

早く治れ、早く治れと願いながら、お守りのネックレスを一層強く握る。

その時、甲高い犬の鳴き声がしたので炉子が顔を上げると、人混みを縫ってしーちゃんがこちらに走ってきていた。

「しーちゃん……？　何で……？」

何故一匹で、炉子のもとに来たのかは分からないが、しーちゃんは両前脚を上げて炉子に寄り添い、顔を舐《な》めて癒《いや》そうとしてくれる。

しーちゃんの気持ちが嬉しかった炉子は、苦しい体調の中でにっこり笑った。

「ありがとう、しーちゃん。優しいんやね……」

しーちゃんの寄り添いを支えに、翔也達が来るまで頑張ろうと呼吸を整える。

ただ運の悪い事に、ちょうどその時、祭の楽しさから調子に乗った人型のあやかしが炉子を見つけたらしく、

「お姉さーん。何してんの？　大丈夫？」

「俺らが介抱してあげよっか？」

という声がして炉子が顔を上げると、浴衣姿に小さな角を生やした若い男の鬼二人組が、炉子としーちゃんを見下ろしていた。

人がこんなに苦しんでる時に何を呑気《のんき》に、と炉子は内心憤《いきどお》ったが、それを口に出す余裕はない。

「だ、大丈夫です。結構です……」

辛うじて声を出して断ったが、相手の鬼二人には、若い娘の弱みに付け込む格好の機会だと思わせてしまったらしい。

「心配しないでって。別に本当に、悪い事をする訳じゃないから」

「俺の友達の家がこの近くにあるから、よかったら休んでこ？　ね？　女の友達の家だから、安心していいから！」

出来る訳ないわそんなん、と普段の炉子なら怒鳴っただろうが、過呼吸がまだ治っていないせいで反抗出来ない。常識的に考えれば助けを呼べばいいだけなのに、休ませる

場所に無理に連れ込もうとしている時点で、嫌らしい下心が見え見えだった。

体の異変に苦しみ、困り果てた炉子がネックレスを祈るように唇に付けると、怒ったしーちゃんが炉子の傍から飛び出し、勇敢に鬼達に吠えて威嚇《いかく》する。

すると鬼達も、邪魔するしーちゃんを不快に思ったらしく、

「え、何この犬。あっち行けって」

と鬼の一人が無理にしーちゃんの首根っこを摑んで移動させようとする。もう一人の鬼が帯の間から数珠《じゅず》を出して、

「あー、これ絶対に付喪神だ！　この犬にこの子襲われてんじゃね？　俺、退魔の術知ってるよ。追い払うわ」

と言った瞬間、炉子は一瞬でしーちゃんと裳子を重ねて、目をこれでもかと開いた。

「――やめてっ！　その子に触らんといて‼」

刹那的に、炉子は裳子を取り上げられる錯覚に陥っており、過呼吸の体を投げ出してしーちゃんをその身に抱き込んだ。

事情を知らない鬼二人が、炉子の形相《ぎょうそう》に驚いて後ずさる。何度か「あっち行って！」と叫んだ後、炉子はさらに胸が苦しくなって、とうとうその場に倒れてしまった。

炉子から離れたしーちゃんが心配そうに吠え続け、周囲もざわついてくる。

鬼二人は、今になってようやく炉子が危ない状態だと理解したらしく、炉子の前にしゃがんで顔を覗き込もうとした。

それさえも嫌だった炉子は、着物の袖で顔を隠して身を捩《よじ》る。

「見……んといて……。やめて……」

か細い声で抵抗し、心の中に浮かんだ翔也に助けを求めたその時。

「何してんねん！」

勇ましい声がして、炉子はわずかに顔を上げた。

同時に、鬼二人組と炉子との間に、大きな狐が風のように飛び込んで立ち塞《ふさ》がる。

毛並みの麗しい尾を揺らめかせ、鬼達を睨《にら》む狐の背には、鬼二人と炉子の両方を冷静に見据えた若い男性――翔也が乗っていた。

突然、山鉾町に現れた金色の狐に、霊力持ちの見物人達が驚きの声を上げる。霊力のない人達も、鉾上で何か行事が始まったのだろうかと顔を上げて、きょろきょろ周りを見回していた。

「由良、後を頼む」

翔也が狐の背から下りて命じると、狐が牙を剝《む》いて唸《うな》りながら、鬼二人組に口を開く。

「貴様ら、この子に何をした……!?」

その声は怒気を含んでいても間違いなく由良の声であり、炉子はぼんやりした意識の中で、目の前の狐が、初めて見る完全な狐の姿の由良だと気がついた。

威嚇する由良に鬼二人組が怯える中、翔也が炉子の体にそっと手を触れて、声をかけてくれる。

「山崎さん」

翔也の声を聞いて、炉子に少しだけ力が戻った。

荒い呼吸で、汗だくになって見上げた先には、翔也の心配そうな顔。

「若、旦那……様……？」

苦しさと秘かな喜びが交錯する。

また、離れたしーちゃんを探そうとして炉子が縋《すが》るように身を乗り出すと、翔也はすぐに炉子を抱き留めて、背中をさすってくれた。

「大丈夫か。呼吸は、一応は出来てるな？　もうすぐ人が来てくれるはず……。頑張りや」

「はい……。……しー、ちゃんは……」

「今そこで、奥さんが来て抱いたはる。向こうにいるけど……山崎さんは、見る余裕はないか。でも大丈夫や。しーちゃんも無事や」

「……よかった……。若旦、那、様、ありが……」

「もう喋らんでいい。とりあえず呼吸を整えよう」

炉子が頷くと、遠くでしーちゃんの鳴き声と、

「しーちゃん！　もう、どんだけ心配したか……！　もう勝手にお散歩しちゃ駄目よ！」

という先の妻の声が聞こえてくる。

炉子が安堵して翔也の服を握ると、祇園囃子の音色や周囲の喧騒《けんそう》をすり抜けるように、半透明の若い男女二人が霊力を使った跳躍《ちょうやく》で町家の屋根から屋根へ飛び移り、炉子達の

前で着地する。

和装姿の、若い男女二人の左腕には「京都府警人外特別警戒隊」という刺繡《ししゅう》があり、霊力持ちの炉子にはすぐ、翔也達が呼んでいたらしい京都府警の霊力持ちの専門部署、いわゆる「あやかし課」の隊員達だと分かった。

炉子に言い寄っていた鬼達は、よほどそれが敵わない存在だと思っているのか、隊員達を見た瞬間にあっという間に逃げてしまう。あやかし課の隊員達は、祇園祭に悪いものが寄ってきて犯罪やトラブルを起こさないように、毎年、山鉾町を歩いて巡回警備しているのだと、炉子は以前から聞いていた。

今、翔也に寄り添われている炉子から少し離れて、短髪で裁着袴《たっつけばかま》の若い男性隊員が、頭以外を人の姿に戻した由良から状況を聞き、鬼達が逃げた方向にいるらしい隊員へ無線で連絡したり、周辺に不審な術者や別のあやかしがいないか確かめる。

その間にもう一人の、長い髪を簪でくくった若い女性隊員が、腰に差している刀に手を添えながら、炉子と翔也の前で立膝をついた。

それを見た男性隊員が、女性隊員に声をかける。

「行けるけ?」

「はい。大丈夫です。私が処置している間は、周囲の警護をお願い出来ますか」

「任しとけ」

女性隊員は炉子より年下らしいが、炉子よりもずっと頼れる顔つきで男性隊員と連携を取る。その後は一転、可愛らしくも清らかな声で、炉子を気遣うように優しく話しかけてくれた。

「失礼しますね。大丈夫ですか？　今から魔除けの力を流しますので、肩の方をちょっと突かしてもらいますね。痛くはないと思いますけど、力を抜いて下さいね」

「は、はい……」

炉子はゆっくり、ほっとしながら肩を差し出す。翔也も、女性隊員に炉子を託すかのように、小さく頭を下げた。

女性隊員が、腰に差している刀を帯から引き出し、柄頭《つかがしら》を軽く押し付けるように、炉子の肩にとんと当てる。

すると途端に、女性隊員の霊力が炉子の体内に流れ込む。自分のそれとは比べ物にならない程の、神社に吹く好風のような、あるいは境内に湧き出る清水のような、まさに魔除けの力と呼べる強さや清らかさが、炉子の心を包み込んだ。

自分の異変と女性隊員の霊力とが、炉子の体内で混じり合って初めこそ体が重くなったものの、すぐに全てが霧のように消えて体が軽くなる。やがて炉子の不調は完全に治り、呼吸もすっかり落ち着いた。

強張《こわば》っていた手足に血が通い、大きく息を吸う。ゆっくり息を吐く炉子を見た女性隊員が、安心したように微笑んだ。

「どうですか？　まだ、しんどいですか？」

「いえ……！　めちゃくちゃよくなりました……！　すみません！　ありがとうございます！」

いえいえ、と、はにかむ女性隊員を見て、これが霊力で戦う最前線の人かと炉子は感動する。たった一動作での快癒《かいゆ》を目の当たりにして、翔也と由良も女性隊員の処置に感嘆していた。

「山崎さん、よかったな。――お姉さん、ありがとうございます。助かりました」

「いやはや……。さすがは『あやかし課』の方ですね。その場でほんの少し突くだけで人を癒すなんて、並大抵の力では出来ませんよ。お兄さんの後輩の方ですか？　凄いですねえ」

由良が男性隊員に話を振ると、男性隊員は自分が褒められたかのようににっこり笑う。

「ありがとうございます。彼女はこういう時のために、日々修行しておりますので……。とにかくよかったです。――大《まさる》ちゃん、ありがとうな。もう心配なさそう？」

「はい。私の方には、何も悪いものは流れてこなかったので、問題ないかと……。大丈夫、ですよね？」

まさるちゃんと呼ばれた女性隊員が炉子を見たので、炉子は頷いて立ち上がる。女性隊員が「よかった」と呟いて花のような笑みを浮かべ、自分の刀を手早く腰に戻した。

炉子が女性隊員の応急処置を受けている間に、翔也や由良、男性隊員が、周囲の人達を遠ざけていたらしい。逃げた鬼達の行方はもう分からないが、その後は特に野次馬《やじうま》が集まる事もなく、交差点は元の平穏な宵山に戻って明るい喧騒に溢れていた。

あやかし課隊員達に、炉子は異変をきたした経緯をつぶさに説明し、隊員達と一緒に事情を聞いた翔也と由良は、驚いたように顔を見合わせる。

女性隊員が、念のため今夜はもう帰って休むようにと伝えた。

「ほな、僕らはここで失礼しますけど……。何かあったら、僕らじゃなくてもいいんで、すぐに警察や救急に連絡して下さいね。一応、名刺もお渡ししときます」

「明日以降、もし病院に行かれて、霊力持ちのお医者様からさっきの応急処置の事を訊かれたら、私の名前を出して下さって大丈夫です！　診察に私の同席が必要やったら行きますので、名刺に書いてある電話番号に連絡して下さいね！」

左端に京都府警のマークが入った二枚の名刺を受け取って、炉子達は宵山の喧騒に消えていく二人を見送る。

その後炉子は女性隊員の指示に従うことにして、翔也と由良に付き添われて本宅へ帰る事となった。

「若旦那様、由良さん。ほんまに申し訳ないです……」

「全然構へん。祭でご機嫌になったんか、一匹で勝手にお散歩してたしーちゃんと出会ったんが不幸中の幸いやったわ。俺らがしーちゃんを保護して、奥さんのとこへ戻しに町会所へ行こうとした時に、山崎さんがいいひん事に気付いたんや。ほんで、しーちゃんが何かを感じ取ったんか、鼻をくんくんさせて走り出して俺らは見失って……。山崎さんもしーちゃんも探してた時に、山崎さんの声が聞こえた。とにかく、山崎さんが無事でよかった……。うちの車が停めてある駐車場はすぐそこやから、早く帰ろう。由良、運転頼むわ」

「承知致しました。本宅に着いたらひとまず、飲み物を飲んで休みましょう。さすがに今夜は、私が用意しますよ」

「すみません、由良さん。ありがとうございます」

「今回だけですよ。私は基本的に、道雄さん以外には淹れませんので」

翔也がすぐ、「他の人にも淹れえな」と小さく笑ったので、炉子も笑う。由良の言動も含めて、翔也と由良が自分を元気づけようとしている事が伝わったので、炉子はそれを、心から有難く思った。

由良から連絡を受けた道雄と円地も、炉子達が途中で離脱するのを快諾して、炉子を気遣ってくれた。

自分は末端の使用人でしかないのに、皆の温かさが身に沁みる。

同時に、今まで忘れていた幼き日の記憶が突如として蘇り、父親からさえ、それについて聞かされなかったという可能性に炉子は驚き、戸惑うばかり。

込み上げる不安を誰にも知られないよう秘かに心の奥にしまって、炉子は、由良が運転する帰りの車の中で、一人わずかに瞼《まぶた》を濡らしていた。

本宅に帰った後、炉子は、夜中に異変があっては大変だという翔也の指示に従って、今夜だけはいつもの離れではなく、二階の翔也の部屋の隣にある、今は誰も使っていない客間で就寝する事となった。

客間は、普段は翔也達が大型の本等あらゆる資料を置く書庫として使っており、

「せめて布団を敷ける程度には、片付けてきますね」

と言った由良が二階に上がった後、居間で寝間着に着替えた炉子は、翔也と向かい合って、由良が用意してくれた冷たいジュースを飲んだ。

「山崎さん、どうや。呼吸のしんどさがぶり返したりとかは、ないか」

「はい。もう大丈夫です。ありがとうございます。呼吸も普通ですし……、今、飲んでる紫蘇《しそ》ジュースがめっちゃ美味しいので、もうそっちに意識がいってますね」

「ははは。そうか。よかったわ」

自分がもう心配ない事を、グラスに入ったジュースの美味しさと一緒に伝えると、翔也は美しい顔立ちを和らげて、安心したように笑ってくれた。

由良が台所から出して入れてくれたのは、今年の始めに、春日小路家とお付き合いしている京都市左京区・大原にある神社の人がくれたという、赤紫が美しい紫蘇ジュース。

台所にそれがあったのは炉子も知ってはいたが、格式高い大原の地で作られた飲み物とあって霊力の回復に非常に優れているため、基本的には緊急時にしか出さないように

と、以前から由良に言われていた。

その大切な飲み物を今回、由良は炉子のために、惜しげもなく出してくれたのである。

体調が落ち着くと、炉子と翔也の話題は自然と先程の出来事となり、

「若旦那様。あの異変は、結論としては、私のフラッシュバックから出たものみたいですけど……。私、今の今まで、ほんまに何も覚えてなかったんです。母親が私に、あんなに喚き散らして家を出て行ったなんて……。もしかして私の脳が勝手に作った妄想かなとも思ったんですけど、それにしては凄くリアルでしたし、声も無かったのが不思議なので……。父にいっぺん、話を聞いてみたいと思います。なので、お盆の時はお休みを頂けますか……？　父やお店の様子も毎週電話である程度は聞いてるんですけど、また会って話をしたいなと思うので……」

と、炉子が不安を抱きつつ休暇を請うと、翔也は、炉子の気持ちに寄り添うように頷いてくれた。

「もちろんんや。今回の事がなくても、お盆はちゃんと休んでもらうつもりやったで。俺も、山崎さんのお父さんや、お店の移転作業が今どうなってるかも気になってたしな。でも、お父さんがもしほんまに、山崎さんに昔の事を隠してた場合、お父さんにも何か考えがあっての事かもしれんから、話し合って事実が分かった時は、なるべく喧嘩《けんか》せんようにな。落ち着いて冷静に話しや。お父さんが話したがらへんかったら、一旦は引いて、また時期を改めてもええと思う。——大丈夫。多少欠けてる記憶があったって、人

間はちゃんと生活出来るんやから」

「あ……」

翔也の優しい励ましに、炉子は言葉が出なくなった。

この時炉子が抱いた感情は、自分の忘れていた記憶が蘇った驚きよりも、それを今まで祐司が教えてくれなかった不安よりも、これで一部の記憶が無い者同士、翔也とお揃いになれたという、安堵と喜びの感情。

炉子が口に出さずとも、翔也は、炉子が抱いていた不安に、ちゃんと気づいていたらしい。

炉子は、涙ぐみながら深く頭を下げて、

「若旦那様。お気遣い下さり本当にありがとうございます。そして、今夜は、色々とご迷惑をかけてすみませんでした。――六年前でも、今でも、若旦那様は若旦那様です。若旦那様のよさはいつだって、何も変わってません。私はほんまにそう思ってますので、それだけは知っておいて下さい」

と、伝えると、翔也は静かに、優しい微笑みを返してくれた。

「うん。ありがとう。――体調が戻ってたらでええし、明日からまた、春日小路《うちこうじ》家の仕事を頼むわな」

「はい！　承知致しました！」

翔也は雇い主として、炉子は一従業員として、気持ちを切り替えた。

第一章　春日小路グループと中村家

八月となり、お盆休みに実家へ帰った炉子は、久し振りに父・祐司との再会を果たした。まだ移転作業は引っ越しの段階にはなっていないようで、店も実家も、変わらぬ地にあって変わらぬまま。内装も匂いも空気も、炉子が本宅に住み込む以前のままだった。

同じ京都市内とはいえ、春日小路家とそれを取り巻く世界があまりにも特殊なので、帰省した炉子は、何だか自分が長い間別世界にいたような気がしてくる。店や家の中を見回して、しばらく懐かしさに浸っていた。

実家と店が何もかも変わっていない点について炉子は少々引っかかったものの、笑顔で娘を出迎えて、一人で仕込みも皿洗いもして店を営む祐司を見ると、仕方ない事と思えてくる。炉子は開いた口を、そっと閉じるのだった。

洗い物を手伝った後、祐司が作った賄《まかな》いを食べる。ひとしきり家で緩やかな時間を過ごした後、炉子は、祐司の心も落ち着いたのを見計らってから、例の件を糺《ただ》した。

祐司は、炉子から宵山での一件を聞くなり、

「そうか。――ごめんな、今まで隠してて。お前は何も悪くないから、ショックで次の

日に全部を忘れてたのを見て、ずっと話せへんかってん」

と、全てを打ち明け、父親として深く謝ってくれた。

やはり、炉子が見た脳裏の映像は、母親が家を出て行った真相であり、幼い炉子が自分を守るために自ら忘れた記憶だったらしい。

みずきは実は、炉子が生まれた直後辺りから、自分で産んだ炉子の事をよく思っていなかったようで、祐司が店にいる間、みずきは一応は育児をしていたものの、今にして思えば極めて義務的だったと祐司は話した。

父親の祐司はもちろん、母親のみずきも霊力持ちだった事から、母子ながら霊力の相性等が合わなかったのでは、と、当時の祐司は推測したという。

「あいつは自由な性格のせいか、俺よりも、色んなもんを感じ取る事が多かった。そういう事情も、あったんかもしれんけど……。でも、今の俺から言わせれば、結局は育児が全く出来ひん奴やった、って事や。それだけや。虐待せえへんで、最低限の事はやってただけ、不幸中の幸いやったけど……。あの時の俺も、店にばっかり構ってんと、もっと家の中に気を配ってたらよかったな」

項垂《うなだ》れる祐司を見て、炉子はもう、それ以上は何も言えなかった。

そこまでは詳しく話してくれた祐司だが、肝心の、出奔《しゅっぽん》する際のみずきが炉子に何を喚き散らしたかについては「俺も分からへん」の一点張りで、

「家の玄関で、みずきが何かを叫んでいるのを聞いて店から駆け付けた時には、お前が

泣きじゃくってて、みずきが家の戸を思い切り閉めてた。慌てて問い詰めても、みずきは『うるさい、もう嫌！』と怒るばっかりで……。あいつとはそれきりや。互いに弁護士を挟んで、ほとんど何も話さへんまま離婚した。あいつは両親ともとっくの昔に縁を切ってたから、離婚が成立したんを最後に、あいつの消息は知らん」

とため息をついた。申し訳なさそうな表情を見る限り、今度ばかりは隠し立てせず、真実を話しているようだった。

いずれにせよ、要するに自分は母親に愛されていなかったのかと、炉子は衝撃を受ける。居間で正座して話を聞いていた自分の両手が、きゅっと強張った。

それでも不思議と気落ちしなかったのは、母親が家を出てから父子家庭で育った時間の方が長かった事と、翔也が先日、多少記憶を失っていても大丈夫だと、励ましてくれたから。

「炉子。ほんまに悪かったたな。今更こんな話を聞くんは、嫌やろ」

「ううん。大丈夫。話してくれてありがとうね、お父さん」

何度祐司が謝っても、炉子は素直に首を横に振り、これ以上父親を苦しめたくない一心で、宵山の話を終わらせた。

「お父さんには、凄く感謝してるよ。今までずっと、私を育ててくれたんやもん。お母さんも、まぁ、自分を産んでくれた事に関しては……感謝してる」

最後に炉子がそれだけを言うと、祐司は目に溜まる涙を隠すように、視線を落として頷いた。

次はまっさきに大衆食堂「山咲《やまさき》」の話となって、

「ところで、お店の方はどうなん？　円地さんと色々話し合ってるって聞いたけど……？」

と、炉子が気持ちを切り替えて尋ねると、

「うーん。それがなぁ……」

と、祐司は今度も覇気《はき》がなく、不思議にも、頼りない答えが返ってきた。

「春日小路さんが一緒やと、移転もすんなりいくもんじゃないの？　何か、ちょっと難航してるみたいやけど……？」

「うん。まぁ、基本的には、円地さんと協力してやってんねんけどな」

「けどな？」

「テトテの方がなぁ」

「やっぱ、そっちかぁ……」

どんな相手にも丁寧な春日小路家が、理由もなく祐司を冷遇するとは思えない。山咲の移転に関して、道雄自ら援助を言い出した事なら尚更《なおさら》だった。

となると、移転が難航している場合、考えられるのは山咲の土地のオーナー会社である総合リゾート企業・株式会社テトテがごねているからだろうと、炉子は最初から予想していた。

「テトテと円地さんとの交渉が、上手くいってへんの？」

「そんな感じやな。円地さんは、凄くようやってくれてるよ。移転先や施工業者の選定も、全部、俺と相談しながらやってくれる。あの人、ほんま凄いわ。生まれながらの事務職のプロやな。円地さんの優秀さの一パーセントでも、テトテ側にあったら楽なんやけどなぁ」

その表現に、炉子は思わず吹き出した。

「さっすが円地さん。お父さんのいう事、めっちゃ分かるわ。春日小路家の皆も、円地さんに一目置いてるもん。とにかく、お父さんと円地さんとの関係は順調なんやな。そこだけは聞いて安心したわ」

「そういうお前を見る限り、お前も春日小路家さんのところで問題なくやってるみたいやな」

「うん。毎日楽しく、仕事さしてもらってるよ」

さすがに自分からは、翔也の縁談や記憶の事は言えなかった。

しかし、今の仕事や雇い主の春日小路家に満足しているのは、紛れもない事実である。

一瞬、そんな家に嫁ぐ事が出来たらどんなに祐司は喜ぶだろうか、と想像しかけたが、雇われの身で何と生意気な事をとすぐに理性が自分を叱って、思いを打ち消した。

炉子は気持ちを切り替えて、話を移転の件に戻した。

「お父さんも円地さんも大変やね。まぁ、テトテからしてみたら、いきなり第三者がうちらの援助に入って、何もかもやるって言うんやから、面白くないんやろうとは思うけど……。自分らは、全然やる気ないくせにな。テトテの役員とかに、契約を切るんやったら違約金を払えとか言われてんの？」

自分の想像を交えて、炉子は気軽に尋ねたつもりだった。

すると祐司は、すっと据わった目をして炉子を見る。

「……お前、円地さんからは、何も聞いてへんな？」

「うん。……うん？　何の事？」

「いや、聞いてへんにゃったら、ええわ。多分、この店の移転の件は、社長が直々に円地さんに命じて動かしてる事やし、そっちがお前の事を一従業員やと思って話してへんのやったら……。まぁ、たとえ父親でも、今の段階では俺から話さへん方がええやろな」

「そう……なん？　まぁ、確かに私は、店の移転について円地さんからは何も聞いてへんし、お父さんがそう言うなら……」

突然、会話の雰囲気が変わって話が見えなくなったので、炉子は戸惑うばかりだった。

しかし春日小路家側が、山咲の移転の援助を自社の事業の一環と位置付けしているならば、当然その内情は円地達から話してくれない限り、たとえ娘でも末端の従業員が立場的に聞けないのは当然だった。

「でも、とりあえず、移転の援助の話が消えたとかではないんやろ？」

炉子が念を押すと、祐司はそこだけは明るい声で、

「もちろん。ほんまを言うと、商売の世界は口約束だけなんてようある話やから、俺は

それも覚悟してたんやで。でも円地さんは、俺が忘れてた小さい話でもちゃんと覚えて確認してくれるし、社長の春日小路さんも、しょっちゅう俺に電話してくれはんねん」

と、祐司が嬉しそうに話したので、炉子はまた、別の意味で目を見開いた。

「えっ？　そうなん？　お父さんと社長、いつの間にそんな仲良しになったん？」

「お前が向こうに住み込んで、すぐかなぁ。俺の店に一人で食べに来てくれはって、何か、やたらと俺の作る料理を気に入らはった。やから、山咲の移転作業に力を入れてくれんのかなぁと思うけど……。実をいうと俺、この前、移転先の下見にかこつけて、社長と円地さんに祇園のええとこ連れてってもらったんやで。ほんで社長から、『娘さん、ようやってくれてますよ』って言われて、お酒も注《つ》いでもらって、途中で社長の馴染みの芸妓さんや舞妓さん達が来て……。何やお前、貴族にでも拾われたんか」

「いえ陰陽師です……」

道雄の豪快さは、炉子の知らないところでも変わらないらしい。父娘二人で思わず笑ってしまった。

翌日以降、炉子はお盆を山崎家で過ごして店を手伝い、京都の盆の、最大行事である五山《ござん》送り火も、しっかり拝んで見届けた。

その後、春日小路家に戻った炉子は、翔也と由良に、祐司に作ってもらった土産《みやげ》の折

詰を差し出しながら、

「お盆ではお休みを頂戴致しまして、ありがとうございました。今日からまた改めて、ここでお勤めさして頂きます。よろしくお願いします」

と挨拶した後、まずは送り火の土産話をした。

「いつもは、家からすぐ近くの西大路《にしおおじ》から左大文字《ひだりだいもんじ》を見るんです。でも今年は、嵯峨野《さがの》に住んでる友達から誘われたので、渡月橋《とげつきょう》から見ましたよ。初めて行ったんですけど、桂川《かつらがわ》では灯籠流しもあって、めっちゃ幻想的でした。凄くよかったです！」

炉子の話に、翔也と由良は、ほうと興味を示してくれる。

「そっか。山崎さんは、毎年の送り火は左大文字を見るんやな。確かに、金閣寺らへん……西大路通りから見るんやったら、そこになるんか。うちはやっぱりそこの、如意ヶ《にょいが》嶽《たけ》の大文字やわ。御所の建礼門《けんれいもん》からも拝めるし、というか、この本宅のすぐ横の道から、ばっちり見えるねんで」

「嵐山《あらしやま》からの送り火と、灯籠流しを拝するというのも、よいものですね。渡月橋からという事は……、山崎さんは、今年は鳥居形《とりいがた》を見たんですか？」

「はい。でも、鳥居だけじゃなくて、如意ヶ嶽の大文字も見えましたよ！　めっちゃ小さくですけど」

「ほう、大文字もですか？　あぁ、でも、確かに言われてみれば……。方角的には見えますね。素晴らしいですね」

京都市北区、金閣寺の近くで育ってきた炉子は、左大文字として知られる大北山《おおきたやま》の送り火を見て、京都市上京区に住んでいる翔也や由良は、そこから東に位置し大文字山として親しまれる如意ヶ嶽の大文字の送り火を見て、毎年の京都の夏を終える。

五山送り火はその名の通り、八月十六日に送り火を点火する山が、東から西にかけて五つある。京都の町の北半分をぐるりと巡るような位置にあるため、その人が京都のどの地域に住んでいるかによって、拝む山が違うのだった。

今、炉子達が今年は何の送り火をどこから見るかの話で盛り上がるのは、三人とも京都の人間だからであり、京都に住む者にとっては毎年恒例の、欠かせない行事だからかもしれなかった。

笑顔で話した後、炉子は祐司から聞いた宵山での記憶の真相をつぶさに話して、

「結局、母が私に何を喚いて出て行ったのかは分からずじまいですが……。とにかく母が私の存在を疎《うと》んでいた事だけは、間違いないみたいです」

と困ったように笑うと、翔也も由良も、黙って目線を落としていた。

しかし翔也はすぐに顔を上げて、炉子を優しく労ってくれる。

「分かった。山崎さん、ありがとうな。教えてくれて。気分のいい話でもないやろうし、この件は一旦置いとこか。山崎さんとお母さんの霊力の相性の話とか、山崎さんの異能発見に繋がりそうで気になる部分はあるけど……。無理に掘り下げて、山崎さんがまたフラッシュバックで苦しんだら、俺も辛い。山崎さんの健康が第一や。そうやろ、由良」

翔也が有無を言わさぬような口調で尋ねると、

「はい、もちろん」

と、由良は反論一つせず、その意見に従った。

苦しみに寄り添ってくれる翔也の気持ちが、炉子の心に沁み込んでゆく。

「若旦那様、ありがとうございます。また何か、母についての記憶が蘇りましたら、報告さして頂きます」

「うん。やけども、こっちに言う必要がないと思ったら、黙ってても問題ない。聞く限りでは、山崎さんの、お母さんについての記憶はあくまで個人的な話みたいやしな。もし、何らかの形で春日小路《うちこうじ》家と関係するようであれば、その時に報告してくれたらええわ」

「はい。承知致しました！」

しっかり畳に手をつけて頭を下げたと同時に、炉子の心は温かな喜びに包まれた。

（あぁ、また私、若旦那様の気遣いを受けて喜んでる。仕事じゃなくて恋として……。あかんのにな……。若旦那様は縁談中の身で、私は、春日小路家の使用人やのに）

いつものように繰り返しながら、炉子は心の中で溜息をついた。

線引きをしよう、立場を鑑みて使用人に徹しようと思いながらも、住み込みの使用人という仕事はあまりにも翔也と近い。会話を減らしたり、距離をさりげなく取ろうとしても、上手くいかない。翔也と由良の生活の世話をしているのだから当然だった。

いっそ道雄に頼んで、七条《しちじょう》の町家勤務に異動させてもらって、住み込みの使用人から降ろしてもらおうと考えた事もあったが、今の炉子は翔也の記憶を取り戻す手伝いのためにここにいるという存在意義の他に、愛子や貴史《たかし》らとも交流を持ったことにより、もうすっかり縁談における主要人物となっている。どちらも途中で投げ出すのは申し訳なく、炉子はそこまで無責任にはなれなかった。

ただ、今の翔也は確かに縁談中の身だが、それもしばらくは保留という形になりそうである。

秋には、縁談相手の一つ・中村家が呪詛《じゅそ》を商売にしているかもしれないという疑惑を、春日小路家グループが総出となって、役員会議で評議するからだった。

暑さが去って、ぐっと涼しくなった秋。

役員会議の当日。

道雄、翔也、由良、円地、そして炉子という春日小路家の五人は、円地の運転する車で本宅を北上し、宝ヶ池から高野川を遡るように北東へ進み、緑豊かで静かな大原の地に入る。

これから春日小路グループの役員会議が行われる場所は、京都の中心地から遠く離れた大原だった。

大原は京都市左京区の北東部に位置する非常に由緒正しい地域であり、遡《さかのぼ》れば平安時代、惟喬親王《これたかしんのう》や建礼門院《けんれいもんいん》、鴨長明《かものちょうめい》をはじめ、歴史上の高貴な人物が数多く隠棲した場所として知られている。

比叡山《ひえいざん》の北西の麓にあたり、貴人が住んだ場所ゆえに名刹も多く残っている。中でも寂光院《じゃっこういん》や三千院《さんぜんいん》は、洛北の代表的な観光地の一つとして、千年以上経った今でも訪れる崇敬者や参拝者が後を絶たなかった。

そんな大原の寂光院をさらに越えた外れには、雲ケ畑の「惟喬神社」のように、隠棲した惟喬親王のために創建されたという親王神社がある。この本殿が、宇治に座す有名な宇治上《うじがみ》神社の本殿と同じく、平安時代後期の貴重な木造建築として国宝に指定されていた。

道雄が役員会議の場所に決めて、相手たる中村家の総領であり、居酒屋やショットバーを運営する株式会社海臈《かいろう》の社長・中村寛治《なかむらかんじ》とその娘の樹里《じゅり》や、子会社の各経営者達に集まるよう円地を通して通達したのは、この親王神社の拝殿である。

役員会議の場所が単なるビルのオフィスではなく歴史ある大原の神社、それも社務所ではなく拝殿という事を事前に由良から聞かされた炉子は、畏《おそ》れにも近い驚きを抱いた。

「あの、神社の拝殿で、会議なんかして大丈夫なんですか……？」

思わず由良に問うたが、由良は大丈夫ですよと頼もしく微笑んで、選定の経緯を話してくれたのだった。

「道雄さんは、簡単に呪詛を仕込めない霊力の高い場所を探していらっしゃいました。

それで先日、以前からお付き合いさせて頂いている親王神社の宮司さんにご相談されたところ、境内の修繕援助のお礼という事で、宮司さん自ら、拝殿を会議の場所として提供して下さることになったそうですよ」

親王神社の拝殿は、平安時代の貴族の住まいである寝殿造をそのまま持ってきたような建物で、内部を新しい板張りにして畳を敷き、祈禱《きとう》等で参拝者達が座れるように整備してあるという。

寝殿造がそもそも幅広の住居の構造なので、当然、そこに座布団を敷けば人々が集える場所となる。

そういうところから、宮司は道雄に薦めたらしい。

「ご祭神にも、宮司さんを通してお許しを頂いております。むしろ、ご祭神の御前だからこそ、嘘偽りや呪詛が通用しない場所として、逆に理想の会議場所となった訳です。これが実現できたのも、やはり道雄さんのご人徳ですね。役員会議が神仏の照覧ありとは、やはり道雄さんは神に選ばれしお人だ。お話ししましたっけ？　道雄さんは幼少の頃に」

「あっ、もういいです。ありがとうございます」

勝手に語り始める由良を適当にあしらって、炉子は初めて赴く大原の全体の地図を、スマートフォンで確認した。

そんな炉子達を見ていた翔也がくすくすと笑い、

「ずっとこんな風に、穏やかやったらええのにな。大原にも、しば漬けを食べに行くだけやったらええのに」

と、呟いていたのを、炉子は大原へ向かう車中で思い出していた。

若い頃から道雄は大原を大変気に入っているらしく、ここ大原の地に来るまではさすがにバスや自家用車を使うものの、円地に車を預けた後は、自らの足で目的地に向かうというのが道雄の昔からの決まりだった。

もちろん今日もその決まりに倣って、円地に車を任せて下りた炉子達四人は、徒歩で親王神社に向かう。ある程度歩くと、寂光院や親王神社へ向かう緩やかな坂の田舎道となって、絵画のような瑞々しさに溢れる山の集落が広がった。

秋風に、周辺の山々。遠くに見えるのは、豪農を思わせるいくつかの大きな民家。左側に広がる畑では、京の三大漬物の一つ「しば漬け」には欠かせない、約八百年の自家採種の歴史を誇る大原の名産・赤紫蘇が栽培されている。

近くの古民家から炉子の鼻を掠《かす》めた甘酸っぱい香りは、まさしくその、食欲をそそる赤紫蘇の香り。古民家の食事処がメニューとして用意している多量のそれだった。

山間部というだけあって、悠々とした杉の他に、竹も群生している。春日小路家の竹細工に使用する竹の中には、この大原のものも含まれているという。

せやし、春日小路家と大原は昔から長い付き合いなんや、と炉子に言ったのは当主の道雄で、

「もちろん、竹細工はお客さんの霊力に合うように作るもんやから、どこの竹を使うかも大事で、大原の竹だけ……という訳にはいかへんけどな。それでも大原の竹は、久多《くた》や嵐山の竹と同じくらい、よう使わせてもらってるよ。この大原の静かな土地で育った竹は、土地柄に似て色んな人と仲良く出来るって事やな」

「そんな大原を、社長もお気に召してるんですね」

そやそや、俺も大原に魅せられた一人の男や、と、道雄はまるで、女御《にょうご》を見初めた帝のように笑った。

その間、由良は道雄の後ろについて荷物持ちを率先しており、隣を歩く翔也も、役員会議について道雄とぽつぽつ小声で話しつつ、時折、大原の風に当たって心地よさそうに景色を見回している。坂道の眼下に咲く畑の秋桜《こすもす》や豊かに沢山実っている茄子《なす》を見て、嬉しそうに微笑んでいた。

その横顔は、あまりにも優雅で美しい。見惚れて言葉を失ってしまう前にと炉子がそっと、

「よく咲いて、よく実ってますね。平安時代の人達は、こういう綺麗な花を見て和歌を詠《よ》んだんでしょうね」

と翔也に声をかけると、

「あの茄子はしば漬けに使う茄子かもな。見てると何か、お腹が空くわ」

と、意外にも庶民的な答えが返ってくる。

炉子は、はじめはそれに軽く笑ったが、やがて今返された言葉が見事に短歌の七五調だった事に気付くと、翔也の咄嗟《とっさ》の感性やユーモアの豊かさに舌を巻いた。

親王神社での役員会議は今日の昼過ぎに開かれる予定だが、炉子達が今、それよりも早い午前中に大原へ来たのは、この田舎道を歩くため。

昔からの、道雄の決まり事と一緒に聞いた話では、これは一旦静かな場所に身を置いて心を鎮め、どんな場所にいても動じないような、衝動的な怒りや迷いを取り除いてから物事に臨むという準備のひと時だったらしい。

そういう時間が確かに必要だったと炉子が実感したのは、神社に到着した出席者全員が拝殿に揃ってすぐの事。

春日小路家の五人に加えて、加賀福乃《ふくの》、御子柴栄太郎《えいたろう》、松尾多恵子《まつおたえこ》といった春日小路グループの子会社の経営者達と、中村寛治、そして樹里が、道雄を上座に据えて拝殿内の畳と唐錦を使用した座布団に腰を下ろす。

本来ならば、トラブルの渦中の人間として最もこの場にいるべきはずのるいと巌ノ丸は、むしろ感情的になって会議に混乱を招きかねないとして、道雄と翔也の判断によって欠席を命じられている。

出入り口に近い、下座の炉子が周りを見ると、翔也は姿勢を正して道雄に次ぐ上座に着いており、寛治の隣に座す樹里は、俯きがちでもしっかりした表情で正座していた。

今回の役員会議は文字通り総出の顔ぶれであり、福乃、栄太郎、多恵子それぞれの後ろには、着物に豹《ひょう》柄の帯を巻いた二足歩行の豹の女性や、頭から首にかけて真っ赤な孔雀《くじゃく》、松尾家の家紋と思われる「丸に橘《たちばな》」が染め抜かれた黄土色の布で顔を隠し、背中から蜂の羽を生やした袴姿の身の丈五尺ほどの男性といった、強い霊力を漂わせた付喪神達も座っていた。

もちろん道雄の後ろには、初顔合わせの時のように、頭だけを狐にした由良が堂々と座っている。

(凄い。傘下の社長さん達の付喪神、初めて見た……!)

さながら百鬼夜行を織り交ぜた朝廷のような空間に、炉子は息を飲む。

万一付喪神が暴れたり、当主に危害を加えたりするのを避けるため、寛治の付喪神は欠席であり、樹里も一人で、牡鹿《おじか》の姿をした豊親《とよちか》はいなかった。

こんな総出の張り詰めた空気が影響したのか、宮司がお茶を出して退出してすぐ、怒りに任せた栄太郎が真っ先に口を開いて、会議の空気を乱したのだった。

「さぁ中村さん。話を聞かしてもらおやないか。のんべんだらりの言い訳は許さへんで」

栄太郎に合わせて、背後に従う孔雀も首をにゅっと寛治の方に突き出し、威嚇するように口から軽く火を噴く。

すると、それを見た寛治が顔をしかめて、孔雀の傍にいた福乃と豹の付喪神も、

「ちょっとあんた！」

「お袖燃えるやないの」

と言って、迷惑そうに身を捩った。

栄太郎達にしてみれば、大事な跡取り娘が髪を切るに至り、さらに縁談まで壊れてしまったのは全て中村家のせいらしい。その怒りを一秒でも早く会議でぶつけたかったらしいが、早まった態度は福乃達にも不快感を与えたように、「役員会議」の場にはそぐわなかった。

それは炉子から見ても「あ」と思う程分かりやすいもので、案の定寛治は、そんな栄太郎を見て恐れるどころか、

「何ですか。人をまるで地獄に堕《お》とすかのように」

と言って、平然と不快感を露《あらわ》にする。

両者の間に円地が入って、

「まぁまぁ御子柴さん。まだ、ご挨拶も何もしてませんので……」

と、やんわり栄太郎を制したが、これは暗に、

（主も付喪神も、道雄に先立って動くとは何事か）

と注意したものだった。

円地の言葉を聞いた栄太郎や孔雀は、はたと我に返って決まり悪そうに視線を落とす。

そこへ、多恵子の後ろにいる付喪神が無言で懐から布を出し、栄太郎達に見せる。栄太

郎の指示で、孔雀がしおらしく近づいて首を下げると、付喪神はその嘴《くちばし》に「静止」と書かれた布を垂らして、一秒も経たずに孔雀をその場で眠らせてしまった。

火を噴いたり、眠らせる布を使ったりする付喪神達に炉子が驚く中、こうして開幕早々の騒ぎは収束した。しかし、いきなり栄太郎が詰め寄って付喪神が威嚇した事実を、寛治は見過ごせなかったらしい。

あるいは、わざとそういう機会を待っていたのか、寛治は御子柴家の失態に対する剝きだしの敵意を、栄太郎ではなく道雄に向けた。

「春日小路さん。これは、最後まで言わないでおこうとは思っていたんですがね……。中村家《うち》は決して春日小路さんの傘下ではなく、道雄さん、あなたの取引先の一人なんですよ。その私に対して何です。あなたの子会社の人や付喪神の態度は。子会社の人ならともかく、うちは本来は、春日小路さんに従う義務はないはずです。夏の一件でご質問があるならお答えしますけど、私共の立場をないがしろにして証言を強要する、あるいは、付喪神を使って手を出すようなことをなさるのなら、私共はただちにここを失礼して、後日、弁護士を立てますからね」

道雄と翔也以外の全員が、ほんのわずかに気圧《けお》されていた。

縁談相手の四家の中で唯一、中村家だけが、春日小路家の傘下ではなく「得意先」。寛治は立場だけで言えば、道雄とは対等の存在だった。寛治はその切り札を使って、自分が糾弾される立場でありながら相手と同等になる事に成功したのである。

由良が口惜しそうに栄太郎に向けて、苛立ったような溜息をつく。福乃までもが栄太郎に呆れていた。

(全く……。出張らずに円地さんや道雄さんに任せておけば……。中村家も下手に出て、謝罪や呪詛の自白を引き出せたものを)

(後先考えへんのは、御子柴さんとこのお家芸やな)

二人とも、嫌味たらしく言いたげだった。

役員会議は、まだ本題に入らぬうちから一触即発である。

全員が着席して十秒も経たずにこの有様では、なるほど冷静さというものが如何に大切かというのを、炉子は恐ろしさをもって実感する。

ただ頼もしい事に、四家の上に立って、春日小路グループの総帥《そうすい》として上座に座している道雄は少しも慌てず、隙あらば主導権を握ろうとする寛治の態度さえもしっかり予想していたらしい。

道雄は一同をくるりと見渡してから、皆の注目を一挙に集めるかのように、口を開いた。

「とりあえず、皆さん。まぁ、一旦は落ち着いて、お茶を飲んで改めて、会議を始めましょか。中村社長。うちのグループの者が大変失礼致しました。すみませんでしたね。どうぞお許し下さい。社長にもおっしゃりたい事はあると思いますし、そのために、設けさしてもらった場ですから。楽にして下さい」

道雄が、たとえわざとでも寛治を立ててそこまで堂々と謝ると、寛治は一瞬何も言えなくなる。

そのうちに、道雄はぱっぱと一同を促して、神社の職員を呼んで追加のお茶菓子を頼み、手早く会議の時間をお茶の時間へと変えてしまう。

皆がお茶をとりあえず啜《すす》って、職員が追加の和三盆《わさんぼん》を運んできた事で、一旦はその場が収まった。

炉子は、あっという間に場の主導権を取り返した道雄の手腕に、内心感嘆する。

(凄い。さすがは社長で現当主……！ 自分が優位に立つ流れを、こうも自然に、嫌らしくなく……！ やっぱり普通の人とは、いい意味でどこか違うんやなぁ)

そっと翔也を見ると、翔也もやはり自らの父親に感嘆し、次期当主として手本として、道雄を仰いでいるように見える。

ついでに由良を見ると、冷静さを装ってはいたが、道雄への称賛と満面の笑みを必死に我慢しているのが明らかだったので、炉子はそっと目を閉じて見て見ぬふりをした。

その後、円地の宣言によって正式に会議が始まる。

まずは翔也と由良、その後に炉子、最後に樹里が、進行役の円地の要請によって夏のトラブルの経緯を全て話した。

次に、この秋まで自身の式神を使って中村家の監視役や御子柴家への聞き合わせ役も務めていた円地が、記録用の式神を封じた札を道雄に提出し、翔也達が話した経緯が確かな事と、中村家が証拠隠滅等、不審な行動を取っていなかった事を証明した。

それらを経たうえで、樹里が人形代《ひとかたしろ》を所持していた経緯等が、道雄によって改めて問われた。

これに対して寛治は、機先を制した時とは打って変わってわざとらしく下手に出て、夏の行事で樹里が話した事と同じ内容をずっと言い続けて平謝りだった。

「いやぁ、この度は本当に、私の娘がご迷惑をおかけして申し訳ありませんでした。ただの預かり物とはいえ、人形代なんてものを鞄に入れて持ち歩いて、とんだご心配を……。あの人形代を作って、うちの店に贄《にえ》用の酒や料理を頼んだ客にも、また改めて、店長を通して厳重注意を致します。もちろん、人形代を処分してしまった事も、私共の方からきちんと客に説明しておきますので……。いやぁ、本当に申し訳ない事で」

寛治が中村家の潔白を語って、それに樹里も追随したものの、わざわざ縁談の場にまで人形代を持ち歩くというのはどう考えても普通ではない。

寛治と樹里は謝るばかりで、霊力持ちの常識に反した行動を何故取ったかだけは一向に話さない。誰も口には出さないが、寛治の指示で樹里が持ち込んだのではないかと思われるのも無理はなかった。

栄太郎がたまりかねて怒鳴ろうとするのを福乃が制して、代わりに、自らの膝をぱしんと叩く。

「謝罪はもうよろしいて、何べんも言うてますやんか。人形代の身元も分かりました。そのうえで、何で、おたくのお嬢さんが、お客さんから預かった危ない人形代を、わざわざ春日小路さんの縁談に持ってきてたんやて、訊いてますのや」

福乃の言葉に合わせるように、福乃の付喪神の豹の目がぎらりと光る。

しかし、寛治はそれものらりくらりとかわし続ける。

「それこそ、樹里と私がさっきからお話ししてるじゃないですか。確かに、呪具を鞄に入れるのは危険行為ですよ？　でもそれは、呪具が本物だったらの話です。娘が預かったのは、お客さんの自作の、ただの木の人形同然の物です。それを持ち歩いて何の不都合があるんです。それ自体は悪い事じゃないでしょう」

「人形代は人形代やないの。偽もんやいうても……」

さすがに、春日小路家を呪う為に、意図的に人形代を持ち込んだんじゃないのかと決めつけるような事は言えず福乃が黙ると、今度はすかさず松尾多恵子が追及する。

「ほな、その人形代は、霊力の小ぃーちゃいお客さんが作った偽物か、あるいは最低でも、低級の物やったという訳やね？　ほなたら、わざわざ娘さんが鞄に入れて持ち歩かんでも、その日だけ社長が持っとくとか、他にやり方あったんちゃいますのん？　それをわざわざ、おめでたい縁談の行事にっていうのは……ねぇ……？」

「予想外の事が起こるのが、『万一』というものなんですよ、松尾さん。偽物だから、低級の物だから大丈夫と高を括《くく》るのは、おめでたい縁談の最中だからこそ、私はよくないなと判断した訳です。娘は中村家で最も霊力が高いので、娘が持つのが最善だと思って託したんですよ。それだけです。人形代は、中級以下の物であれば、霊力の高い者であればある程より早く気配を察知出来ますし、対応出来ますから」

　寛治がそう答えると、道雄がつと顔を上げて、

「えらく慣れたはりますね。呪具の扱いに」

と、ぽつりと言う。明らかに、寛治と樹里の気色《けしき》が変わった。

　しかしそれは一瞬だけで、寛治は平然と言ってのけた。

「まぁ、長く飲食店を経営してると、色んな霊力持ちのお客さんが来て、色んなトラブルに遭うんです。警察沙汰も何回かありました。競合店の差し向けで、店に、まさしく今回のような人形代を置かれた事もありましてね。だからうちは多少は慣れてるんです。春日小路さんも、商売敵に襲われたりなんかの経験は、あるはずでしょう？」

　その瞬間。道雄、由良、円地、そして、翔也の目元がぴくりと動き、空気が一気に鋭くなった。

　四人とも、今すぐにでも六年前の翔也襲撃について問い詰めたいという表情だったが、この状況で衝動的な言動は危ういとして、必死に我慢している。

　炉子もわずかに目を見開いて、寛治と樹里を凝視していた。

　役員会議は、互いに本質をいつまでも言わずに、探り合いながらの質疑応答ばかりが続く。

　末席で聞いている炉子でさえも、

（今、何の話をしてるんやっけ……？）

と、分からなくなる時間だけが、延々と続いていた。

それでもただ一つだけ、炉子にも分かった事があり、それは、この役員会議での寛治の、道雄に下る気は一切ないという態度から伝わる、中村家の明らかな敵対心だった。ビジネスの世界では、野望と呼ぶべきもの。人形代のトラブルを通して春日小路グループと対等以上となり、ゆくゆくは経営を侵食する計画を抱いているような雰囲気が、今の寛治からはこれでもかというほど感じられた。

寛治の腹の内はもちろん誰にも分からないが、獲物を狙う、敏腕な経営者の瞳の色だけは隠せない。それをこの場にいる全員が、商人の勘で確信していた。炉子もまた、山咲で色んな人々と接してきた経験から、それを直感していた。

(ほんで……。そういう人なら、家なら……。六年前に翔也さんを襲ったとしても……おかしくない……)

炉子は、道雄と翔也が田舎道を歩いていた時、二人だけで話していた事を思い出した。

「――翔也。もうお前も考えてると思うけど、中村さんとこは絶対に、春日小路《うち》家をどうにかしたろと思ってる。企業のオーナーに成り代わって、うちの商売の勢力、顧客、財力もろとも吸収したいと思っとる。そういう目や。初顔合わせの時にあの社長の顔を見て、俺はよう分かったで。そうなると、六年前にお前を襲った犯人も、中村家かもしれへんな。次期当主のお前を無理矢理、手中に収める術を使おうとしてお前が抵抗して結果失敗したとか……。まぁ、その辺の背景は、色々考えられるけどな」

「俺も、父さんと似たような事を考えてた。ひとまず今日は夏の件を糾《ただ》して……。それから後は、向こうの出方次第かなと思ってる」

「それがええやろな。向こうも絶対に、のらりくらりでやりよるやろ。とりあえず向こうの腹を突いて、腹の中のいちもつが確認出来たら、まぁ上等やな。……翔也。出来るか」

「やれるだけやってみる。それで、今回の件だけじゃなくて、六年前の件の手がかりが出たり、俺の記憶が少しでも戻ればええなと思ってる。六年越しの事件解決のためにも、俺を手伝ってくれる皆のためにも、少しでも早く進展させたい」

翔也が一瞬だけ振り向いて炉子と目を合わせた時、炉子はまるで、今の言葉の最後の部分が自分に向けられた気がして、嬉しさに俯いた。

なんて自意識過剰な事を、と顔を赤らめる炉子に翔也が優しく微笑んだので、炉子はますます、翔也の事を有難く、愛しく思ったのだった。

――つまり、今。

寛治がのらりくらりと皆の糾弾を躱《かわ》し続けて、誠意ある本当の謝罪をせず、娘の縁談相手であるはずの春日小路家を軽んじている時点で、中村家はもう縁談相手ではなく警戒すべき政敵なのである。

中村家が、六年前に翔也を襲った犯人であるかどうかは分からないが、いずれにせよこの役員会議は、春日小路家や翔也の未来を左右する重要な闘いの場となっていた。

炉子はそっと、樹里を見る。

(樹里さん……。ほんまなん……？　中村家が春日小路家を呪ったり、追い落とそうとしてたり……。六年前に、翔也君を襲ったかもしれへんの……？　樹里さんも、それに加担してるの……？)

心の中で問いかけるも、当然樹里は反応しない。老獪《ろうかい》な寛治と違って、黙って俯いているだけ。

(樹里さん。私、ほんまは……。樹里さんと若旦那様やったら、お似合いやなって……思ってるんやで……？)

料理の研究に熱心で、翔也と物作りの観点から絆を深めていた姿や、愛子の言葉に合わせて髪を解いてみせたり、石山寺《いしやまでら》で炉子を慰めた樹里の姿が思い出される。

そのどれもが言葉少なでクールだったが、内側に宿る樹里本来の温かい心は、翔也の性格とよく似ていた。

樹里ならば、心の形を重ねればぴったりとはまる、翔也と価値観を同じくしたお似合いの夫婦になるだろうと、炉子は使用人の目で考えていたのである。

(樹里さんやったら、若旦那様の北の方になってもいいって……私は……)

自分にはない強さを持ち、女武者のように美しい樹里が相手なら、翔也への恋を諦められる。

そう思った炉子は、腿《もも》の上の両手を握り締めた。

炉子がそれほど樹里を好いているだけに、今の状況が辛い。

少しでもいいから、せめて真相への手がかりだけでも、樹里の口から何かを話してほしいと思う。

炉子だけでなく、この会議の場にいる春日小路家側の全員がそれを分かっているのに、突破口が見えなかった。

この泥沼のような会議に、審判の剣を刺したのはやはり道雄であり、

「ひとまず、俺らがやいやい言うのはこの辺にしといて……」

と、口を開いた後、

「翔也。お前は何か、誰かに、言いたい事や訊きたい事はあるか」

と、議題の矛先《ほこさき》を変えるように、自分の跡継ぎに声をかけた。

その瞬間、一同の視線が一気に翔也に注がれて、ほんのわずかでも会議の流れが変わった気がした。

翔也はそれまでほとんど発言していなかったが、それは春日小路グループの役員会議という事でずっと社長の道雄を立てていたのだと、田舎道での会話を聞いていた炉子には分かる。

その証拠に、翔也の瞳は道雄と同じく芯の通った光を宿しており、道雄にかすかに頷いた後、会議の主導権を父親から自分へと入れ替えるように、寛治の顔をまっすぐ見た。

「人形代のトラブルに関しては、概ね理解しました。この件についての評定および処置は……。ひとまずは、中村社長に正式に、ご一筆にてご説明頂く事を、副社長として提案します」

その瞬間、寛治と樹里が目を見開き、栄太郎をはじめ子会社の者達が、翔也に目線だけの拍手を贈る。

翔也の提案に、

「それは同意やな」

と、道雄が頷いた。

突然言い渡された事に、寛治が打たれたように反論する。

「なぜそうなるんです⁉　謝罪文なら、御子柴さんも一緒に書くのが筋でしょう⁉　そんなに私を犯人にしたいんですか⁉」

寛治の揺らぎを見逃さなかった翔也が、すかさず丁寧に説明した。

「そもそもこの大原で、親王神社さんの拝殿をお借りしてまで会議をするに至ったのが……。樹里さんが人形代を、縁談に持ち込んだという事実が、そもそもやからです。樹里さんの起こしたその『事実』がなかったら、この役員会議どころか、翠香《すいこう》さんでのトラブル自体も起きなかったはずなんです。問題の人形代が偽物やったかどうかや、持ち込んだ場所がおめでたい場所やったかどうかは、この件とは別問題です。樹里さんだけの行為の結果ではないとはいえ、結果的には役員会議までにもつれ込みました。その事実だけはお認め頂きたいと、詳しい経緯を、中村家側から見たご報告の書面を作って頂きたいと、私はご提案したんです。もちろん後で、もう片方のトラブルの発端である御子柴家にも同様の提案をするつもりでした」

そして、と翔也は続ける。

「一点伺いたいんですが……。中村社長。私は先程、『一筆』と言うただけで、『謝罪文』とは申し上げてません。なぜ、謝罪文やと思って、ご自分が犯人扱いされてると思われたんですか」

「それは……」

「お客さんの自作の、ただの木の人形同然の物を持ち歩くのは悪い事ではないと、先程社長はおっしゃいました。しかも、それをしたのは樹里さんです。であれば……。犯人というのは、何の犯人の事でしょうか」

「……」

寛治はついに、何も言わなくなる。栄太郎が拍手しかけるのを、由良と福乃の鋭い睨みが抑えていた。

翔也の言葉には明らかに、六年前について尋ねる意味も込められていた。

寛治はうっかり、単なる報告書の一筆を謝罪文だと自分から発言し、あまつさえ「犯人」という忌々《いまいま》しい単語と結び付けてしまった。しかもその対象は、樹里や中村家ではなく「私」という寛治個人だった。

寛治自ら一筆をそう捉えたからには、これはもう寛治にやましい心があって、呪術的な謀《はかりごと》をしていると疑われ、糾弾されても無理はない。

そういう状況に寛治は今陥っており、これ以上言葉を発せば、どんどん自分の立場が危うくなってしまう議論の泥沼にはまったのだった。

「――それにね、中村さん」

と、追い打ちをかけたのは道雄で、焦燥した寛治がぱっと顔を上げて道雄を見た。

「我々春日小路家は、平安時代より続く京都の陰陽師の、江戸時代より続く京都のお商売の家なんです。不運を封じる竹細工を、中村さんをはじめ様々な方にお作りさせて頂いて、生活さしてもらってる家です。そのお得意さんの中には、京都でお祭にご奉仕されている方も沢山いはります。さすがに数は少ないですが、江戸時代から、うちの竹細工を買って下さっているお客さんもいてはるんですよ。

――何が言いたいか分かりますか？　神様仏様のお世話をされる方々を顧客とする商売には、少しでも穢れた点、すなわち呪詛の疑惑があったら……困るんですよ。

春日小路家はもちろん、春日小路家から竹細工を買うて下さる他の顧客さんにも、いつ、巷《ちまた》であらぬ疑いの火の粉が飛んで、ご迷惑となるか分かりません。我々は霊力持ちですから、神様仏様に糾弾される可能性すらあります。たとえそれが、根も葉もない噂だったとしてもです。木のお人形さん一つでここまでこじれるんですから、よう分かったでしょう？

やからこそ、春日小路家は、受注した竹細工を作る時は、自家流でも潔斎《けっさい》をします。ご注文が決まる毎に、ご依頼主の氏神の神社さんと、ご先祖様のお墓のあるお寺さんにお参りして、神様仏様にも、竹細工を作る事をお知らせします。

そこまでやるんですよ。そこまでやって、やっと信頼してもらえるんですよ。京都の、霊力持ちの商売の世界というのは。そのお陰でうちは、今日までやってこれてるんです。ですからうちは、そういう疑惑が少しでもあるとこの娘さんを、跡継ぎの伴侶にしたり、今後も得意先とする訳には行かないんですよ。そういう事情があるから今回、一旦はっきりさせましょうかという事で、この役員会議の場を設けたんです。由緒ある神社さんの拝殿で。

だから息子は、形に残る書面を書いてはどうでしょうかと言うたんです。中村さんもそうでしょう？　後々、同じような話で、京都の色んな顧客の方々に、疑われたくはないですよね？　罰を当てられたくはないですよね？」

「……」

気づけば、道雄は寛治を「社長」ではなく「中村さん」と呼んでおり、寛治は追い込まれていた。道雄や子会社の経営者達の視線が、寛治に刺さっていた。

道雄の言葉を聞いた炉子は、以前の、由良との会話を思い出す。

春日小路家は、呪術的な商売で生計を立てている家だからと、どんなに綺麗な身でも呪術的な商売の家だという事で、あえて、京都の伝統文化の表舞台からは身を引いているという。

春日小路家と、京都における霊力持ちの商売の特性を理解していなかった時点で、中村家は対等どころか実は敗者だったのである。

今、道雄は暗に、

（嫌らしいやり方で春日小路家を討ち取って、経営者に取って代わっても構へんけど……。こんな疑惑一つでやいやい言われる京都で、嫌らしい事しか出来ひんあんたがほんまにお商売をやっていけるか。やれるもんならやってみい。五年十年では、京都のお商売では話にならへんで。創業百年二百年の老舗さんはごろごろいてはるし、それこそ、千年続くお家も、京都には何ぼでもいたはります。ここから、あんたの誠意を見せて、顧客の長い信頼を勝ち取ってみい）

と、寛治に、野望の覚悟を迫っているのだった。

炉子にも、背筋がぴんと張る程に伝わる、春日小路家現当主の威厳だった。

道雄の言葉、そして堂々たる姿を前にした寛治は、最後まで険しい顔をしていたが、ここは最早、折れて一旦退くしかないと決めたらしい。

道雄が促すと、ついに寛治が手をついて、道雄に頭を下げた。

「……春日小路さんのおっしゃる通りです。私の拙《つたな》い筆でよろしければ、この度のご迷惑につきまして、一筆、お書きしたいと思います」

その瞬間、大原・親王神社での役員会議の決着がついた。

春日小路グループの一同が、ほうと安堵の溜息をつく。

敗れた寛治は悔しさのためか、かえって目が据わっており、反して樹里は、それまでと全く変わらず、冷静で無表情だった。

そんな樹里に、翔也が声をかける。

「あと、最後に一つ、失礼します。これは、私個人の気持ちでお願いするのですが……。樹里さん。あなたからも、謝罪を頂きたいと思ってます。私が仲立ちしますので、自分の付喪神と一緒になって、るいさんに、髪を切らせた事について、言葉だけでもいいから謝って頂けますか」

するると、樹里の代わりに寛治が顔を上げて、

「まだ何か言うんですか⁉」

と怒鳴ったが、翔也は全く動じなかった。

「すみませんが社長。私は社長ではなく、樹里さんに伺っているのです。怒鳴ってしまわれるお気持ちは分かりますが……。るいさんが髪を切ったのは、確かに自らの意志でしたが、そう仕向けて追い詰めたのは、私は、樹里さんと豊親さんだと思っています」

はっきり告げられ、蚊帳《かや》の外に置かれた寛治の目が、かっと見開かれる。両腿に置かれた拳がぶるぶる震えていた。

そんな寛治の様子さえも、翔也は静かに見据えるだけ。

それでも、当の樹里への態度は終始穏やかで、樹里の気持ちに寄り添いながら、促していた。

「どうかな、樹里さん。樹里さんも思うところは色々あるやろうけど、あの時の言い方や、るいさんへの追い詰め方は、少しきつかったと俺は思うねん。樹里さんが悪い人じゃないって事は、皆分かってるから」

皆分かってる、のところで、翔也が炉子を見たので、炉子は樹里の為に首をこれでもかと縦に振って、何度も頷いて同意した。

自分の言動を諭されているにもかかわらず、樹里は顔を上げて、それまでの無表情から目をわずかに見開いている。やがて、安堵したように息をつく。

「……申し開きのしようもございません。その件につきましては、大変申し訳ございませんでした。私も今になって、あれはよくなかったと反省しております」

寛治が止める前に、樹里は素直に手をついて頭を下げて、心から謝った。

「いくら頭に血が上っていたとはいえ、相手に髪を切らせるというのは、非道とも言える行為でした。後ほど私も謝罪文を書かせて頂きますので、御子柴様のお嬢様にお渡し頂けますか。――御子柴社長。本当に申し訳ありませんでした」

樹里が栄太郎にも謝ると、そのあまりのまっすぐさに、栄太郎が呆気に取られて戸惑う。

「そ、そんな事言うたかて……。うちの娘の髪は、すぐには戻らへんねんで。ご近所さんからも羨ましがられる、自慢の髪やったのに……。あんたの髪と違って、ほんまに綺麗やってんで。先祖代々の自慢なんや」

「本当にすみませんでした。御髪に関するお品をお求めでしたら、私が代わりに全て購入させて頂きます。るいさんが、私に一切関わるなとおっしゃるのならば、それに従います。髪飾りや椿油《つばきあぶら》など、髪に関する物品をご所望でしたら、購入してお届け致します。もちろん、同じ事をしろとおっしゃるのなら、この場で頭を丸めさせて頂きます」

首を深く垂れ、静かに栄太郎に頭を差し出す樹里の真摯《しんし》な姿に、栄太郎はもちろん炉子達までもが言葉を失って、拝殿の空気がしんと静まる。

父親と同じように手をついて頭を下げているにもかかわらず、樹里の謝罪は父親とは全く違って誠意に溢れており、気品すらも漂わせていた。

野望と同じように、真実の誠意もまた、どんなに隠しても相手に漏れ出て伝わるもので、樹里の謝罪を前にした栄太郎は、

「まぁ、一応……。……帰ったら娘に訊きますわ」

と、仏頂面でも、確かに誠意を受け取っていた。

それにも樹里は、

「ありがとうございます。ご寛大なるお心に、感謝を申し上げます」

と丁寧に礼を述べる。その瞬間、寛治と樹里のあまりの違いに、炉子は本能的に、

(樹里さんはもしかして……。中村社長の本当の子供ではないのでは)

と、思ったのだった。

その後、円地の切り回しによって、中村寛治と御子柴栄太郎の両方が道雄に謝罪文を書く事と、樹里の謝罪文を栄太郎が預かって、樹里とるいの和解を進めるという事で決着がついた。

ただ、最後の最後で寛治は不屈の悪あがきを見せて、

「今回の件で一筆は書かせて頂きますけれど……。まさか縁談まで、辞退しろとは言わないでしょうね？　そこだけは何卒《なにとぞ》、何卒、続けてもらうようお願いします」

と、縁談こそが春日小路家に侵食する最大で最後の砦と言わんばかりに、胡散臭《うさんくさ》い土下座で道雄に懇願し始めたので、さすがに炉子も驚いた。

由良も福乃も、栄太郎さえも呆れて言葉を出せない中、多恵子の目配せで蜂の付喪神がすすすと両膝を擦らせて寛治の前に寄り、「沈黙《の》」と染め抜かれた顔布を差し出す。

寛治はそれを強引に押し退けて一、二歩ほど道雄の方へ膝を進めて、

「親の私が言うのも何ですけど、樹里は本当に優秀な霊力持ちなので、副社長とはきっとお似合いの夫婦になると思います。どうです、ここだけはきっぱりと、今回の件と縁談とを分けて考えてはみませんか。樹里は絶対に、春日小路家の北の方に相応しい優秀な人材になると思います。言い方はあれですが逃したら惜しいですよ」

と言った後は道雄の返事を待たずに、

「副社長ご自身はどうなんです？　樹里の事は、実際はどう思ってらっしゃるんですか。

樹里の事は好きですか？　少しでも気に入ってますか？」

と、あまりに唐突な質問を、翔也にぶつけていた。

樹里がわずかに顔を上げる。炉子も末座から顔を上げて、思わず翔也の顔を見つめてしまった。

福乃や栄太郎、由良による、寛治の不躾《ぶしつけ》な態度を咎《とが》める声も、炉子にはもうどこか遠くへ行ってしまったかのように聞こえない。今しがた寛治が発した「樹里の事は好きですか」という問いが、炉子の恋心にぐさりと刺さっていた。

（若旦那様……）

翔也は果たして、樹里の事をどう思っているのだろうか。

得意先の令嬢として、ビジネスの仲間として、翔也が樹里を嫌っていない事だけは分かる。しかし、翔也が男として、樹里にどんな気持ちを抱いているかまでは分からなかった。

黙って泰然としている道雄に代わって、由良が翔也に声をかける。

「翔さん。話す必要はありません」

しかし翔也は、寛治の問いから、そして、自身の縁談から逃げない。

「――俺は、」

翔也が寛治に対し、やがて樹里に向かって口を開く。

「俺は、樹里さんご本人の事は、好ましい人やと思ってます。もちろん、春日小路家の次期当主の妻となっても立派に家業を盛り上げてくれると考えています。中村社長のおっしゃるように、樹里さんはとても優秀な方です」

その瞬間、寛治が勝ち誇ったような顔をしたが、樹里は無表情にお礼を言うだけ。

炉子は、翔也の性格から樹里を褒める事は予想していたものの、翔也が樹里を自分の妻と想定して、自分の未来に樹里を入れて考えた事があるのだと知って、わずかに胸が痛んだ。

（そんなん、当たり前やん。縁談なんやから……。相手との結婚生活を想像するのは……）

炉子自身も刹那に、樹里が春日小路家の北の方となり、翔也と夫婦になる未来を想像する。寡黙《かもく》でも情があり、商売の手腕も優秀な眩《まばゆ》い翔也・樹里という若夫婦とともに、従業員として働いている自分のその表情が、どうしても想像できなかった。

翔也の答えを聞いた寛治は、表情を嫌らしく明るくさせてここぞとばかりに強引に、

「では、樹里自体はお気に召しているという事で、縁談は続けさせて頂いてもよろしゅうございますね？」

と念を押すように言い、樹里に振り返って手振りで促す。

寛治の目つきを見た樹里は、一瞬だけ表情に影を落としたが、

「……私からも、お願いします。私も、副社長様の事を……お慕いしております。どうか、ここで縁談を打ち切らないで下さい。秋の行事は頑張りますので……」

と、最後は微《かす》かに震えるような声で、翔也と道雄に頭を下げた。

寛治の懇願に、傘下の者達は皆忌々しそうにしていたが、樹里のまっすぐな願い出は真に迫るものがあったので、誰も何も言えなくなってしまう。

声を震わせてまで縁談の継続を願った樹里に、炉子は驚く。樹里もまた、るいのように翔也の事が好きなのだろうか。寡黙な内側に、実は恋心を秘めていたのだろうか。

もしここで縁談が破棄されれば、樹里もるいのように苦しみ、きっと人知れず涙を流すのだろう。いずれにせよこの場で縁談が破棄される事は、最低でも樹里が悲しむ結果になると感じた炉子は、胸が切なくなってきゅっと目を瞑った。

道雄、そして何より翔也も、炉子と同じように考えたらしい。

寛治の懇願に乗るのは些《いささ》か癪《しゃく》でも、樹里が縁談破棄の不名誉を被って涙を流すのはさすがに哀れだとして、二人は最終的に、樹里のために折れる事を決める。

「樹里さん。ありがとう。君の願い通り、縁談だけは、続ける事にするわ。秋の行事のお知らせ、待ってるしな」

「中村さん。今回だけですからね。縁談だけは継続しますけど、それはおたくのためじゃなしに娘さんのためやからと、肝に銘じといて下さいね」

これを聞いた寛治はまた胡散臭い笑顔で道雄に何度も礼を言い、樹里にも礼を言うよう促した。

「いやぁ、ありがとうございます！　それでは、縁談は継続という事で。もちろん特例の、付喪神同士の試合なんかも、ルールは変わらずという事ですよね？　勝てば無条件でというアレも……。縁談は継続とおっしゃいましたもんね」

その瞬間、由良や福乃が一体何を企んでると怒鳴ったが、縁談の継続を認めて口に出したのは翔也と道雄だったので、二人は渋々とそれを飲んだ。

「そうですね。俺との縁談を継続するなら、もちろん特例も同様でしょうね」

「名家に二言はないからなぁ。もし、秋の行事で付喪神同士の試合に発展して、樹里さんが勝たはったら……。そらまぁ翔也は、樹里さんと結婚する他ありませんわな」

こうして、人形代のトラブルについては春日小路家の一応の勝利とはなっても、縁談については継続、もちろん特例も継続という引き分けに近い形で、大原の役員会議は幕を閉じたのだった。


役員会議が完全に終わった後は現地解散となり、そうは言っても、春日小路グループの重役がほとんど揃っているので、傘下の社長達は自身の付喪神を本体である香水瓶、記念コイン、袱紗《ふくさ》といった各道具に戻して、自然な流れで遅い昼食会となる。

清らかな川が流れる山間の、三千院の参道沿いにある料亭に、改めて春日小路家と子会社の者達が集まった。

役員会議での労苦を慰めるような、豪華な重箱に入った大原の米や山菜など豊かな山の幸。名産・しば漬け、川魚等も惜しみなく使った御膳を頬張りながら、栄太郎は中村家から謝罪文を受け取れる喜びからか、ずっと満面の笑みだった。

「いやぁー！　今日はまさしく、春日小路グループの大安吉日でしたね！　オーナーに副社長。この度はほんまにありがとうございました！　僕、娘が髪を切られた恨みをどないして晴らしたろうかなぁと攻めあぐねていたところに、副社長の一筆！　オーナーの説教！　もう痺れましたねぇ。そこへ最後のとどめに、また副社長！　見ましたか？副社長に、『お前に訊いてへんわ』と言われた、あの中村寛治の悔しそうな顔！」

酒を飲んでいないのに酔ったような高揚ぶりで、道雄と翔也を褒め称えていた。

それを聞いた由良は、当人の道雄の代わりになぜか誇らしげである。翔也は、栄太郎にどんなに褒められてもあまり嬉しそうではなく、

「いや、俺は、中村家を打ち負かそうと思って、会議をした訳じゃないので……。というか、『お前に訊いてへんわ』て、そこまでは言うてませんよ」

と、困ったように苦笑いしていた。

「いやいや、いや！　副社長！　別に構しまへんねて！　何やったら『お前に訊いてへんねんボケカスゥ！』ぐらい言うても、よかったと思いますわ！　いやホンマ、食えへんおっさんでしたね、中村寛治さんは。娘の方は、まぁまだましな方でしたけどね」

娘はましという言葉を聞いて、上座の翔也も末座の炉子も、わずかに俯く。

空気を読まず上機嫌に笑ってばかりの栄太郎に、多恵子が箸を進めながら「下品やなぁ」と、相手にばれないよう顔をしかめていた。

福乃も似たような顔をして、

「御子柴さん。おたく、今笑ろてますけども、おたくも向こうさんとおんなじように、謝罪文書いて出さなあきまへんのえ。ちゃんと分かってますか。それに今回の件は向こうに一筆書かせはしますけども、縁談は続くんですよ。しかも相手は侵略の野望たっぷりで……。何を呑気にそんな笑顔で……」

と釘を刺していた。

「そんなん分かってますがなー。僕とこも、謝罪文はちゃんと毛筆で書かしてもうて、実印も押さしてもうて、春日小路家にお出しさしてもらいます。元は、うちの娘と付喪神が、ポカやってもうたのが原因やさかいね。縁談もまぁ、うちはもう脱落したので大人しくして、草葉の陰からこっそり春日小路家を応援さしてもらいますわ」

栄太郎は、今回のトラブルの原因が自分の娘と付喪神だと分かっていながら、結局謝罪文を書くには至っても、あの役員会議の場では最後まで頭を下げなかった。

その事に、胡麻《ごま》豆腐を食べようとしていた炉子は気付く。

（……もしかして……）

栄太郎もまた、春日小路グループ傘下という自分の立場を利用して、一同の前で手をつく屈辱から逃げて、その結果自分の立場を守る事に成功したのだろうか。

そう思い至った炉子は、胡麻豆腐を食べながら、京都の殿上人達の駆け引きを思い、寛治のあの強引さも思い出し、改めて春日小路グループに渦巻く薄ら寒いものを感じてしまった。

（あははは――……。何かもう疲れたわぁ……。いや、慣れたっちゃ慣れたけど――……。春日小路家は、ようこんな人らを相手に……出来るなぁ……）

とはいえ春日小路家も春日小路家で、今日の会議での切り回しのように、なかなかの強者なのは炉子も分かっている。

ただ同時に、春日小路家と他の四家とが同じように強《したた》かでありながら、どこか決定的に違うというのも炉子ははっきり気付いていた。

周りがこうまで、肝が冷えるような者達ばかりなのに、中心に座す道雄や円地、そして翔也も、相変わらず心根はあの田舎道のように穏やかで、いつもこざっぱりしている。樹里の真摯な願いを受けて、寛治と引き分けるという屈辱をかぶってまで彼女の名誉を守ろうとしたのも、その表れだった。

食べ終わった炉子が顔を上げると、道雄は今もやはり飄々《ひょうひょう》としているが、翔也は時折、縁側の向こうをぼんやり眺めたり、誰にも気付かれないよう目を細めたり、どこか物憂げな表情である。

（あぁ。きっと若旦那様は、疲れたはるんやな……）

いつも世話をしている使用人の勘で、炉子は気付いた。

常に穏やかで、他人に寄り添う優しい翔也にとって、今回の長い役員会議や強かな駆け引きは、精神的に辛いものだったろう。樹里の縁談継続を願う姿を見て、心を痛めたのも一因のはずだった。

　そんな翔也をここから連れ出して、ひと時でも気分転換させてあげたいと、炉子は考えを巡らせる。

「若旦那様。あの……。皆様に差し上げるお土産は、どちらのお店で買えばよいでしょうか」

　でっちあげた話を精一杯演じて、昼食会の末席から、翔也に尋ねた。

　何の話か、と、翔也だけでなく、道雄をはじめ春日小路グループ一同が、きょとんとして炉子を見る。

　しかし、炉子の勘は当たっており、翔也もまた、この場からひと時でも逃れる機会を探していたらしい。

　炉子の視線とその意図に、翔也だけがすぐ気付いてくれる。まるで炉子の機転に合わせてはじめからそういう段取りだったかのように、顔を上げて立ち上がってくれた。

「――あぁ、そうやな。確かに、頼まれてたもんな。時間もあまりないし……。俺も一緒に買いに行くわ」

　食事はとうに終わっているとはいえ、歓談中に席を立つ翔也に、道雄が尋ねる。

「どこ行くんや」

「この川沿いのお店を色々見て、今日、ここに来てへん皆さんへの、大原のお土産を買おうと思うねん。頼まれてんねん」

それを聞いた多恵子が、自分の息子と翔也が仲良しなのをアピールしたいかのように、嬉しそうに笑う。

「いやっ。多分、うちの息子やわ。お土産を頼んだの……。すいませんねぇ、副社長。いつの間にやら、うちの貴史が厚かましい事を言うて」

「いえいえ。貴史も、大原の漬物を楽しみにしてるみたいやったので」

多恵子の勘違いに翔也は難なく合わせて、福乃もまた、自分の愛娘の仕業だろうと苦笑する。

「お土産を頼んだんは、うちの愛子も一緒かもしれまへんなぁ。多分、愛子の方は、山崎さんに頼んだん違うやろか。かんにんえ、山崎さん」

「いいえ、大丈夫です！　お嬢様も、楽しみにされていたので……！　早速、買ってきますね」

炉子もまた、福乃の勘違いに合わせて微笑み返した。

炉子と翔也が出ようとすると、道雄が真相を知ってか知らずか、最後にのんびり、

「あぁ、俺のも買うて、包んでもらっといてー。そこの、『呂川茶屋《ろがわちゃや》』さんのお団子。炭火で焼いたやつ。あれ美味しいねん」

と頼む。

翔也が委細承知したように、

「あぁ、あれな。分かった」

と頷いて、炉子を連れて出て行った。

大原の名刹の一つ、三千院の参道脇には、「呂律《ろれつ》が回らない」という慣用句の語源だとされる呂川《りょせん》・律川《りっせん》のうちの呂川が流れており、そこに沿うように何軒もの食事処や土産物屋が連なっている。

大原の赤紫蘇を使ったしば漬けはもちろん、手作りの雑貨を販売している店もある。

炉子達がしばらく参道を歩くと、みるみる内に、翔也の顔つきが柔らかくなった。

「山崎さん、ありがとうな。あそこから連れ出してくれて。嬉しかった」

呂川のせせらぎを聞き、眺めながら、翔也が呟いた。

「いえ。その、何となく……。若旦那様がお疲れやなと思いましたので……。私の方こそ、お土産を頼まれてたなんて、ありもしない事を言い出してすみませんでした。咄嗟に、若旦那様が合わせて下さってよかったです」

「確かに、最初は何の事やろうってびっくりしたけどな。でも、山崎さんの目を見て、『あぁ、俺がしんどくなってる事に気付いてるんや』って分かって……」

この役員会議で強かさを発揮して寛治を下したはよいものの、その後の樹里への穏やかで優しい態度こそが、翔也の本来の姿だと炉子は知っている。

中村家に勝つには必要だったとはいえ、言葉巧みに人を責めるような言動をした事に、翔也は内心傷つき、さらに縁談の件にまでもつれ込んで疲れていたのだった。

言葉にせずとも、翔也が話さずとも、炉子にはそこまで伝わっている。

だからこそ、翔也をあれ以上あの場に置いておくことが、炉子は辛かった。

「若旦那様を連れ出した手腕……。私も、なかなかやり手でしたよね？」

炉子が、強かなのは一人じゃないと励ますようににっこり笑うと、

「うん。俺だけじゃなくて、山崎さんも悪い奴やったか」

と冗談を返す翔也の笑顔が、誰かに頼る子供のように、ほっとしていた。

「……別にな、俺はな、強かな事が悪いとは思ってへんねん。商売の世界は、純粋なだけではやっていけへんくて、むしろ純粋な人が食われてしまう事も珍しくはないから……」

「世間で、よく聞く話ですよね。かくいう私も、実家が商売の世界で大変な目に遭ったので、今ここにいますから」

「あぁ、せやったな。商売の世界というのは、ほんまに大変なもんやな……。きっと樹里さんも色々大変な事があって、やからあんなに、縁談を続けてくれって頼んだんかもしれへん。ただ、俺自身は、そういう駆け引きや強かさがどうしても苦手で……。詐欺師《さぎし》には向かんなって、よう言われんねんけどな。でも、今日は、上手くいったかもしれへんな」

「そうなんですね。若旦那様がそうおっしゃるなら、よかったで……。……詐欺師には

「……？」

相槌を打とうとした炉子は、顔を上げて、翔也を見る。

翔也もまた、はっとした表情で炉子を見つめており、木々を揺らす、周辺から吹く強い風の音だけが二人の間に響いていた。

「……山崎さん」

「……はい」

「今の……。『詐欺師には向かんなって、よう言われる』って言葉……。俺、前にも、山崎さんに言うたか……？」

「……はい……。六年前の、雪の日の夜です……」

忘れもしない、六年前の、雪の日の夜。

炉子を慰めた翔也は、あの時確かに、「どうして自分にここまでしてくれるのか」と尋ねた炉子に答えた後、こう言った。

(俺、あんま笑わへんし、言葉も不器用やから、詐欺師には向かんなって、よう言われんねんけどな。——疑われてしもた)

炉子を元気づけるつもりで、自分の不器用な冗談に微かに笑っていた。

そんな翔也の姿を、炉子は、今日まではっきり覚えていた。

そして、今。

炉子だけでなく、翔也もはっきり思い出している。

先程の役員会議で、六年前の事に触れた影響だろうか。

今、炉子を見つめる翔也の目は、顔つきは、明らかにそれまでとは違っていた。

「……若旦那様……？　もしかして、記憶が……!?」

「いや、全部じゃない。でも……。今みたいに、川を見ながら、山崎さんと話していた事も、あった気がして……。……四条大橋で……？　その後は、白川で……？」

「そう……。そう！　四条大橋です！　その後で白川です！　若旦那様！　他には何か……!?」

炉子は嬉しさのあまり、前のめりで促す。

しかし、無理がたたって翔也が体調を崩しては大変だと、はっと我に返って冷静になる。

「すみません、若旦那様。私、少し、焦り過ぎましたね」

「あぁ……。大丈夫……」

「お体には、異変はないですか？　頭痛とかは、ないですか？」

「うん。問題ない……」

「ゆっくりで大丈夫だと思いますので、とりあえず一旦、落ち着きましょっか。というか、そういう私が一番、落ち着かんと駄目ですよね。ふふふ。ごめんなさい……」

翔也に気負わせたくない一心で、炉子はあえて明るく振る舞った。

そんな炉子を、翔也はじっと見つめている。

「とりあえず、今から急いで皆さんのお土産を買って、その後で、この件をすぐ社長や由良さん達に報告しましょう。いえ、お土産なんて買わずに……えっ？」

炉子が踵を返す前に、翔也の体がぐっと近づく。

あ、と思う前に、炉子は翔也の胸に、やや強引に深く、抱き締められていた。

（……っ⁉）

突然の事に、炉子は息を飲んで目を見開く。

心臓が、大きくどくんと跳ねて熱を持つ。翔也に抱かれた嬉しさよりも、まずは混乱が先立って、

「わ、若旦那様⁉　何を……⁉」

と顔を上げようとしたと同時に、

「しっ。静かに。喋っても動いてもあかん」

という翔也の硬い囁きが、炉子の頭上から降ってきた。

「今、川の向こうの方から、中村寛治の声がした。誰かと喧嘩してる」

（えっ⁉　な、中村社長の……⁉）

告げられた言葉に、炉子は先程とは別の意味で、はっと目を見開いた。

ふと炉子が自分の右肩を見ると、それを抱き込んでいる翔也の右手の下に、小さな呪《じゅ》符《ふ》が見える。六芒星《ろくぼうせい》が描かれている事から、春日小路家の呪符だろう。

中村寛治が近くにいると気付いた翔也が、その呪符を使って自分達の存在を知られないように、炉子ごと自分達の気配や声を封じているらしい。

（あ……。突然、私を抱き締めたのは、そういう事か……！）

事情が分かると、炉子の戸惑いや胸の中の熱が収まった。

炉子を抱いている翔也もまた、敵の存在に気付いて呪符を使うことに緊張しているらしい。その心臓の音は、炉子と同じように速い。加えて時折、張り詰めたような翔也の息遣いが聞こえてくる。遠くに聞こえる寛治の声からその状況を確かめようと、耳を研《と》ぎ澄《す》ましていた。

翔也の服、あるいは体から香る甘くも爽やかな匂いに、炉子の目が眩《くら》む。

状況的に仕方ないとはいえ、こんな風に抱き締められたままでは、せり上がってきた恋の誘惑に負けた自分が両手を伸ばして、翔也をぎゅっと抱き返してしまいそうだった。

（そんなん駄目！　使用人が若旦那様を抱き締めるなんて……！）

自分の理性がぐらつき、再び戸惑いが頭をもたげて、ぐるぐると混乱してしまう。

その時、向こう岸の遠くから、寛治の声だけでなく樹里の声も聞こえて、

「お父上様、おやめ下さい。山の神仏のご迷惑となります」

という豊親の制止の声まで聞こえたので、炉子はそれまでの戸惑いを全て忘れて顔を上げた。

詳しい内容は聞こえないが、どうやら寛治と樹里が言い争っているらしい。豊親まで加わってあれほど激化しているのならば、他者の存在に気付きにくいかもしれない。

そう思ったのは、炉子だけでなく翔也もだった。炉子達は互いに体をそっと離すと、

呪符の端を握ったまま、川に架かる小さな橋を渡る。椿地蔵《つばきじぞう》に続くという山の小径《こみち》を、極力音を立てないよう静かに歩いた。

かつて惟喬親王に仕えた大原の久保家に祀られて、椿の木の下で、落ちた椿の花に埋もれる様子からそう呼ばれるようになったという「椿地蔵」に、こっそり頭を下げて挨拶する。

椿地蔵を通り過ぎた炉子と翔也は、その先の、「大原の東山」という看板のある、開けた場所まで出た。

太い木々の陰に隠れた炉子達にも気付かず、予想通りそこで、寛治、樹里、豊親が何やら言い争っている。寛治の傍らには、小綺麗な着物を着た見知らぬ中年女性も一人いて、この人は、役員会議の間はどこかで待機していたらしい。

やがて寛治の、

「お前のせいでこうなったんやないんか！　どう責任を取る気なんか！」

という怒鳴り声に、

「私のせいも何も、あんたが勝手に、あれを渡してきたんやろ！」

と樹里が言い返したので、寛治が樹里を突き飛ばした。

緊迫した空気に、炉子と翔也は思わず顔を見合わせた。

福岡出身だと聞いていた通り、樹里も寛治も、二人だけの会話となれば普段のビジネス用の標準語ではなく、福岡の方言になるらしい。

肩を突き飛ばされた樹里は幸い、軽くよろめいただけで済んだが、寛治は、樹里を殴らんばかりに睨みつけている。そんな樹里を守るように豊親が間に入って、牡鹿の瞳で、寛治を制止していた。

炉子と翔也は、飛び出して樹里を庇《かば》いたいのを必死に堪えながら、一層目を凝らして静観に徹する。

「樹里！　お前はな、俺が助けてやるっちゅう条件と引き換えに、あの若造の縁談相手になったんやろ⁉　父親に対して何かその態度は⁉　与えられた使命ぐらい、ちゃんと果たさんか！」

「何が……っ！　何が父親かっちゃ！　使命やなんやっち偉そうに！　あんたが全部根回ししとって、外堀《そとぼり》を埋めた結果やろうが⁉　恩着せがましく言わんでや！」

すると、樹里の声に被せるように、中年女性が猫なで声を出し、

「ねえ、樹里ちゃん。寛治さんにそんな、恩着せがましいだなんて言っちゃ駄目よ……。寛治さんは何でも買ってくれるじゃない」

と窘《たしな》めたので、

「私の名前を呼ばんでっちゃ、黙れや女郎蜘蛛《じょろうぐも》‼」

と、樹里が女性に向かって叫ぶ。怯《ひる》んだ女性が、出そうとしていたなだめる手を引っ込めて、怯えたように縮こまった。

それを見た寛治が、樹里にさらにいきり立つ。

「お前、母親にまでそんな態度なんっ……！　全く、お里が知れるなぁ！　それか、今の若者は皆そうなんか⁉」

「うるさいっちゃ、あんたよりはましやけ！　私の両親は、あんたらよりはずっといい人達やけん！」

「今の！　お前の両親は！　俺達や！」

寛治の一喝《いっかつ》に、樹里は怯むどころか、これでもかと目を血走らせて睨み返す。

噴き上がる涙を堪えるかのように、その目元が一気に真っ赤になった。

寛治と女性への、全てを拒絶するかのような樹里の反抗に、炉子は思わず息を飲む。

翔也も驚いているらしく、樹里たちを見る横顔は険しかった。

そのうち、寛治の怒りの矛先が変わって、

「若造っち言えば、あの春日小路の、跡取り息子……！　俺の立場を台無しにしやがった！　何が、『社長ではなく、樹里さんに伺っているのです』かっ！　何が光る君だ⁉　法律なんてもんがなきゃあ、すぐにでも殺したいぐらいいっちゃ！」

という寛治の発言に炉子は青ざめ、木々の陰にいながら、ふつふつと怒りが湧いた。

(若旦那様が……、翔也君が……っ！　どんな思いであの役員会議に臨んだか……っ)

めり、と音がして、見ると、炉子たちが隠れている木の幹から皮が剝《は》がれかけている。

強く握りすぎてしまったらしい、と炉子は後悔した。

案の定、中年女性がその音に気付いて炉子が慌てた時、呪符を持った翔也の手がそっと、炉子の手の上に重なった。

（若旦那様……！）

音を封じた呪符の効果なのか、中年女性は自分の気のせいかと納得して、再び寛治達に向き直る。

暴言を吐かれた翔也本人は、ここでも寛治を全く相手にせず、最後まで冷静さを貫いている。大きな手が、炉子の小さな手をすっぽり包みながら、炉子を見下ろして微笑んでいた。

（山崎さん、大丈夫……。俺は全然気にしてへんから。ありがとう）

（若旦那様……。こちらこそ、ありがとうございます。すみません）

目線だけの会話だったが、互いにちゃんと伝わっていた。

静観を続けて、寛治と樹里の言い争いの内容を総合した結果、やはり、役員会議で抱いた炉子の勘は当たっていたらしい。

樹里は寛治の本当の子ではなく、何らかの理由で両親と別れた樹里を、寛治が引き取ったのだろう。中年女性は寛治の後妻であるらしく、寛治とはまた微妙に違った樹里の態度から、中年女性は後から樹里の継母となったのかもしれなかった。

樹里の付喪神である豊親は、立場上寛治にあまり反抗出来ないためか、ひたすら冷静に双方を窘めて、特に寛治を宥《なだ》める役に回っている。さりげなく中年女性を完全に無視しているところを見ると、樹里だけでなく豊親もまた、中年女性を嫌っているようだった。

「お父上様。お怒りはごもっともでございますが、ここは山中とはいえ人が参ります。お話は、せめて京の街中へ帰還してから……」

「鹿の分際で、俺に話しかけんな！」

寛治は、豊親にも暴言を吐き、豊親は言いたい事を飲み込むように首を下げて、一歩下がる。

やがて、そんな豊親を見て、寛治は何かを思い出したらしい。

「あぁ、そうや……。樹里には、今回の責任を取ってもらわな、いけんよなぁ……。あいつの治療は、打ち切るわ」

ぽつりと吐かれたその瞬間、豊親が即座に顔を上げて、衝撃のあまりか動きが止まる。

樹里は豊親以上に青ざめて、乱暴に寛治の胸倉を摑《つか》んでいた。

「今何ち言った？　それじゃ話が違うやん！　というか、打ち切りっち何⁉　治療はまだ続いとったっち事⁉　それは終わったって言っとったくない⁉」

「アホかぁ。呪詛の治療っちゅうのはな、色々種類があるんよ。その場で全部終わるもんもありゃあ、投薬だけは必要っちゅうもんもある……。呪詛に効く薬は、まぁまぁ高いけね。

——ほら。ちゃーんと俺は、お前との約束を守って、あいつの治療を続けとったやろう？　でも、もうやめだ。お前がそんな態度を取るけ」

「そんな……っ！　私は、悠真《ゆうま》がもうすっかり元気になったと思ったけ、約束通りあんたの手駒になって……っ！　約束は最後まで守れや！　悠真の治療が、まだ薬を飲む必要があるんやったら、それを続けろ！　それが約束っちもんやろ⁉」

「その代わり俺の手駒になって、春日小路家の嫁になるっち約束したやろうが、お前も！　悠真だか何だか知らんけど、お前の彼氏が元気かどうかなんて、最初から知ったこっちゃないんよ」

樹里が叫びかけたその時、豊親の牡鹿の上半身が一気に変化した。

兜《かぶと》をかぶらない総髪の、具足《ぐそく》姿の強面《こわもて》の老人。その表情に敵意を漲《みなぎ》らせて、牡鹿のまの下半身を猛烈に弾かせて跳んだ。

半人半獣となった豊親が、今度は寛治の肩を突き飛ばす。

自分が樹里に行ったそれとは比べ物にならぬ力強さに、地面に転がった寛治が驚いて顔を上げると、見下ろす豊親が全身から、殺意を露にしていた。

「裁きがなければ、すぐにでも殺してやりたい……。その気持ちは、俺も同じだ。ただちにこの脚でお前の胸を砕き、万人を悲しませる言葉を吐くその口を、顎を、踏み潰してやりたい気持ちでいっぱいだ……。だが……。ここは畏れ多くも、親王をはじめ多くの貴い方々が遁世《とんせい》された地だ。お前の汚い血で、大原を穢すのは忍びない」

「じゃあお前の血なら綺麗なんか⁉　あぁ⁉　千里子《ちりこ》、蜘蛛を出せ！　試しちゃれ！」

寛治の命令を受けて、千里子と呼ばれた中年女性が慌てて帯の間から何かを取り出す。

白い布に包まれて、女性の手からころんと出て来たのは、色鮮やかで精巧な蜘蛛のラペルピン。

地面に落ちたそれが、役員会議にはいなかった寛治の付喪神らしい。ラペルピンは巨大な女郎蜘蛛となって、紙を裂くような奇妙な咆哮《ほうこう》を上げて豊親に襲いかかった。

豊親はそれに堂々と立ち向かい、突進する蜘蛛の巨体を上半身で受け止める。

下半身の、鹿の四肢《しし》が血管を浮き上がらせて土を削り、そのまま数メートル、豊親は後方に押し切られていった。

その重心が変化するタイミングを見計らって、豊親が鮮やかに体を半回転させて蜘蛛を放り投げる。豪快に、木の葉や土ぼこりを立てて蜘蛛が転がったので、木の上に止まっていた鳥達が驚いて逃げて行った。

その後しばらく、豊親と蜘蛛の体当たりや殴り合いが続く。

あわやどうなるかと、炉子達も息を飲んだ付喪神同士の戦いを止めたのは、

「もういい。そんなんしたって、何もならん」

と、静かに口を開いた樹里であり、

「……どうしても、悠真の治療は、もうせんと？」

と問うと、寛治は掌を返すように言う。

「うーん、ま、お前の今後の心がけ次第やね」

それを見た樹里が、疲れ切ったようにため息をついた。

「また……その言葉？　その言い方やと、まだ何か、考えとる策があるみたいやね。今

日、あれだけ、こてんぱんにされたのに……」

「そりゃあ、俺は経営者やけね。事業については、常に考えとるけ。——そうや、今度はこうしようか？　樹里。お前にもう一度チャンスをやるけ、今度こそ上手く出来たら、悠真君の治療は、もちろん完治するまで続けるし、前と違って直接、悠真君と連絡を取ってもいいっち、向こうの家族に掛け合うけん。何なら、会えるようにも掛け合ってみるけ。豊親も一緒に」

それが樹里の、そして豊親の、最大の弱点だったらしい。

顔を上げた樹里と豊親の目に、ほんのわずかに希望の光が射したのを、老獪な寛治は見逃さなかった。

その後寛治は、樹里と豊親にとって大切な人であるらしい「悠真」という存在を盾にして、もう一度のらりくらりと説き伏せ、二人を従属させる事に成功する。

中年女性も一緒になって説得した寛治の、そのあまりのやり方と口調を気持ち悪く感じた炉子は、もうその時には俯いて、ぐっと唇を嚙みしめて地面だけを見つめていた。

（……おんなじや……。山咲に、立ち退くように迫ったテトテも役員も、中村寛治も……）

京都だけではない。福岡もどこも同じだった。

世の中にはどうしてこうも、人の状況や心に付け込んで、その人の心を折って従わせる人が多いのだろうか。

あれだけ反抗した樹里や豊親が、最後には寛治に頭を垂れたのだから、樹里達にとって「悠真」という人は、家族のようにかけがえのない存在だと分かる。

その人を助ける為に、樹里達は望まぬ従属を強いられ、受け入れ続けているのだろう。

そんな樹里達の心痛は、炉子達がどれだけ汲んでもなお余りあり、尽きる事は無かった。

あまりの辛さに、炉子は事が過ぎるのを待って目をつぶる。

やがて話が付いたのか、寛治が千里子に命じて蜘蛛を元のラペルピンに戻して仕舞《しま》わせ、彼女と共にその場を去って行った。

隠れている炉子達にも気付かず、寛治は悠々として通り過ぎ、やがて、その場に樹里と豊親だけが取り残されると、泣き崩れた樹里が悔しそうに両手で土を握り締めた。

「……っ……！　ううっ……！」

艱難辛苦と呼ぶにはあまりにも悲痛な、四つん這いで血をも吐きそうな樹里の呻《うめ》き声が、辺りいっぱいに響き渡る。

「……樹里殿。あいつに、中村寛治に、一矢《いっし》報いるお許しを頂きたい。悠真殿を、あそこまで人質にされては、この『豊親』の名に懸けて、私は黙ってはいられない。しかるべき存在に相談すれば、悠真殿にかかっている呪詛も、きっと何とかなりましょう。付喪神とはいえ、この一身を捧げて中村寛治と相打つ所存です」

「……無理よ……っ！　だってあれは、悠真の母親が直接、悠真にかけた呪詛やけ……。

親子による呪詛が一番厄介で、一番分かりにくいし、排除しにくいっち……霊力持ち専門のお医者さんも、言っとったはずやろ……。それに、下手に動けば寛治がすぐに察して、また手を打つかも……。今度ばかりは悠真が殺されるか、植物状態にされるかもしれん。そうなったら、私は……っ、私は……っ！　嫌よ、悠真……！　もう嫌……っ」

豊親の言葉は冷静でも、その内は寛治への抑えきれぬ怒りで満ちている。

樹里もまた、寛治への怒りは並々ならぬものがあるものの、その結果、今度は大切な人を永遠に失う事を恐れて涙し、わずかに錯乱状態に陥っていた。

もはや見ていられないと、炉子は唇を目一杯嚙みしめて、樹里の方へ一歩踏み出そうと片足に力を入れる。

翔也も同じように迷っていたらしいその時、炉子達の横を、何かの影がさっと横切った。

こてこてと小走りに、樹里達の元へ寄っていくそれをよく見れば、お社《やしろ》からわざわざ出て来たらしい、石像のままの椿地蔵だった。

豊親が椿地蔵に気付いて、丁寧にその場に伏せる。

「恐縮でございます、椿地蔵様……。御前でご迷惑をおかけして、まことに申し訳ございません」

「いや、いいのよ。別に私は……」

樹里はまだ、顔を両手で覆って泣いている。やがて樹里が顔を上げると、椿地蔵が優しく声をかけた。

「あのぅ、お嬢さん……。私のとこのお社で、少し、休んでいかはりますか。うちの中にお招きしますよ。あんまり泣いてはったら、お父さんお母さんが、悲しみますよ……」

「すみません、お地蔵様。でも、いいんです……。私にはもう、親はいません。両親は、とうの昔に亡くなりました」

「亡くなっても、傍にはいてはるよ。お嬢さんの心の中に。それか、あの世の仏様のお近くで、お嬢さんを見守ったはるよ……」

椿地蔵の慰めを受けて、ようやく樹里は上半身を起こして、手で涙を拭く。

背中を丸める樹里の姿を、炉子達は、胸が引き裂かれる思いで見つめていた。

しばらくは樹里の啜り泣きだけが聞こえていたが、やがて豊親が鋭い眼光で、炉子達が隠れている木を睨んだ。

「……さすがに、俺が気付いてないとでも、思っていたのではあるまいな？」

低く唸るような声は、今まで様子を覗いていた炉子達に既に気付いていて、明らかに敵視している声だった。

いつの段階で、豊親が気付いていたのかは分からない。

しかし、今となってはそれは些細な問題であり、炉子も翔也も、隠れていた木から離れる。

もう遠慮はいらないと判断して、そっと樹里の傍に歩み寄った。

「樹里さん。大丈夫か」

「……」

翔也の声に、樹里が静かに顔を上げる。

翔也も炉子も、樹里と豊親を無暗《むやみ》に警戒させないようにと、適切な距離を保ちながら、樹里に声をかけ続けた。

翔也はもちろん炉子さえも、自分達を警戒する豊親の存在など目に入らず、一秒でも早く樹里の心を支えて慰め、少しでも元気にしてあげたかった。

炉子は慎重に、言葉を選んで樹里の心に寄り添った。

「樹里さん。……大変申し訳ありません。先程の一部始終を、拝見してしまいました。……だからこそ。私は、今の樹里さんのお力に、なりたいんです。若旦那様もです。あんな役員会議の後で、信じてもらえへんかもしれませんけど……」

炉子の気持ちが、樹里に届いたらしい。ぼんやりと見上げる樹里の前に、炉子は静かに膝をついた。

「……樹里さん」

炉子はそれ以上、言葉を継がなかった。迂闊《うかつ》に言葉を並べて、そのどれかで樹里が傷つくよりは、何も言わずに傍にいた方がいいと思ったからである。

その間に、翔也は豊親と向き合っており、

「豊親さんが、俺らがここにいた事に気付いてたんやったら、話は早いな。詳しくは言わへん。でも、これだけは言うとく。俺は、俺と山崎さんは、もっと言うたら、春日小路家は……。これからは秘かに、樹里さんと豊親さんの味方や。味方になる。春日小路家次期当主の名において、そう宣言する」

と手を差し伸べると、しばらく豊親は翔也の目を見据えて、やがて、ゆっくりと樹里を見た。

「……樹里殿。相談するに足る、しかるべき存在は……。案外近くにありましたな」

樹里も、それに頷いた。

場が落ち着いたのちに炉子達が別れようとすると、豊親と先に歩き出した樹里が、わざと翔也の足元に、片方だけのライディンググローブを落としていく。

「樹里さん、これ……」

翔也が拾って渡そうとすると、樹里は一瞬振り向いただけで、すぐに無視して足を速めて去ってしまう。

さらに、豊親にわざと、

「いけない。バイクのグローブを落としちゃった。また、新しいのを買わないと……」

と困った顔をしたので、豊親もまた、樹里に合わせてわざとらしく笑った。

「ははは、それはいけない。急ぎ交換しに参ろう。心斎橋《しんさいばし》で……。イケノビルの『あの店』は、夜に営業するところだ。行くなら昼がいい」

地名を口にした瞬間、豊親と樹里が確かに、かすかに振り向いてこちらを見ていた。

それを最後に、二人はもう何も言わず帰って行ったが、樹里達の言動が何を意味していたかは、炉子達にもちゃんと伝わっていた。

「山崎さん。今の言葉、ちゃんと覚えてるか」

翔也の問いに、炉子も頷く。

「もちろんです。——心斎橋の、イケノビル。そこに、昼に行けという事ですよね」

今度は翔也が頷き、拾った樹里のグローブを大切に、しっかり握った。

「多分、このグローブが通行手形や。今さっき樹里さん達が言うた場所に、樹里さん達の抱えてる事情を知ってる人がいる」

そしておそらく、その事情こそが、樹里を救う鍵となるだろう。

炉子は、樹里を助けたい一心で、己を奮い立たせた。

「若旦那様。差し支えなければ、私が心斎橋まで行ってきます」

「うん。頼んだで。副社長である俺は多分、中村寛治にマークされてるやろうから、迂闊に動かん方がいいやろうしな。由良には俺が話しとく。心斎橋へ行く際は、くれぐれも気をつけて」

「はい」

二人で頷き合う。

炉子はお守りのネックレスをしっかりと握り、翔也から受け取った樹里のグローブを胸に抱いた。

第二章　中村家の鬼と京都の光明

中村樹里は、元々は鬼塚《おにつか》樹里という名前だった。

だった、というのは、樹里の両親がそれぞれ病気と過労で亡くなった後、父親の縁戚である飲食店経営者・中村寛治に引き取られて、寛治の養女となったからだった。

両親を失った当時、樹里は一人っ子で、まだ小学生だった。しかも、人ならざるものに接触出来、明らかに人間離れした身体能力に秀でた霊力持ちだったので、皆怖がって樹里を持て余し、養育出来る人間は限られていた。

ゆえに、最終的に霊力持ちの寛治が名乗りを上げるまで、誰が樹里を引き取るかでかなり揉めていたらしい。当時の樹里は、霊力以外は何の力もない子供だった事もあり、ただただ大人達に従って流浪《るろう》して、最後に行き着いた中村寛治に頼るしか生きる術はなかった。

樹里自身も、家族を失ったショックで酷くぼんやりしており、樹里を押し付け合う縁戚達の醜い言い争いを見て、精神的にもひどく疲れていた。

ゆえに樹里は、自分が誰に引き取られようが、どこへ流されようが、別にもうどうでもいいと思っていた。

樹里を引き取った直後の寛治は、強引でとにかく敵を作ったり、競合相手を泣かせて勢力を伸ばしたりする商売のやり方とは対照的に、樹里を手厚くもてなした。

「俺もなぁ、無力な子供の頃は、そりゃあもう苦労したもんだ。片親なうえに母親は一日中働きに出てたから、ずーっと独りだった。そのうえ貧乏だった。当時は化け物扱いされる霊力持ちときた……。それはもう苛《いじ》められた。新品の文具や玩具《おもちゃ》を見せびらかすくせに、俺を避けて、俺を蔑《さげす》んできた裕福な同級生達やその親の顔を見ては、いつか大金持ちになってお前らを蔑む立場になってやると、子供ながらに息巻いていたもんさ……。だから俺は、独りぼっちになったお前を可哀想に思って、お前を育ててやろうと思ったんだよ。退魔の術も、それなりに教えてやるよ」

豪快な笑い方や物言い、そして、いつでも尊大な態度は好きではなかったが、身寄りを失くした子供を引き取って養育するだけでも、一般には尊敬すべき事。樹里もそう思っていたし、寛治のお陰で飲食店の厨房に入れるようになり、料理を好きになれた事に関してだけは感謝していた。

寛治のそういう実績を見た周囲は、随分と寛治を見直したらしい。

「あなたは幸運だよ。成績は樹里ちゃん自身の力だけど、あんなにいい名門校へ行かせてもらえるのは、お義父さんのお陰なんだよ。それを忘れないようにね！　どんなに成績がよくても、大学どころか、高校へもちゃんと行かせてもらえないような辛い境遇の人は、世の中にはいっぱいいるんだから！」

　高校受験に受かった樹里にそう言ったのは、塾の先生だった。

　先生だけでなく、周りの大人達は皆、樹里が与えられた豊かな生活を通して、寛治を褒め称えた。

　今にして思えば、そういう社会的な尊敬や信頼を得て自らの地位を上げるために、寛治は樹里を引き取ったのだろう。

　そんな、一見すれば順風満帆《じゅんぷうまんぱん》な生活に疑問を持ち始めたのは、高校一年生の夏の頃。

　養父である中村寛治が、当時の樹里の養母でもあった妻を追い出して、千里子という新しい人を後釜に据えた頃からだった。

　樹里が中村寛治に引き取られた当時、既に寛治と養母の仲は冷え切っていた。二人はいずれ離婚するだろうとは思っていたが、追い出した養母と一瞬で取り替えるように千里子を迎え、義理の母だと樹里に紹介した時、樹里は後妻の千里子もろとも、寛治の人格そのものについて薄暗いものを感じた。

　思えばそれは、身寄りを失くした者の直感というべきもので、その後、出会ってたった数分の千里子が、樹里に好かれようと、そしてそういう性格なのか、高校生の樹里より女として上の立場になりたいがために、ありがたい講釈を垂れてきたのだった。

「私達家族三人で、頑張って、寛治さんのお商売を盛り上げていきましょうね。家族の絆は大事なのよ。あなたにも立派な役目が控えてるんだから、霊力はもちろん、人間性も落としちゃ駄目よ。ビジネスって、ネガティブなオーラを持つ人には敏感に反応して、逃げていく生き物みたいなものなんだって。反対に、絆を大切にして、今、この世にいる人達皆を大切にする人には、ビジネスだってちゃんと寄ってきてくれるらしいよ。頑張りましょうね、樹里ちゃん！　あと、これは一度だけ、お節介とは分かったうえで言うんだけど……。ごめんなさいね。寛治さんから聞いたんだけど、毎朝、亡くなったご両親のお写真に手を合わせる習慣は、やめた方がいいと思うの。今のお父さんが寛治さんという事もあるし、今の母親だって一応、私がいるから……。ね？　あと、自宅でそういう事をするのは、ネガティブなパワーを引き寄せやすいのよ」

樹里は瞬間的に、寛治が高級な店を辞めさせて籍を入れたという、千里子という女が嫌いになった。樹里は出来るだけ千里子を避けて生活するようになったが、千里子はさすがに寛治に選ばれるだけあって賢く、自分が樹里に何を言ったかも含めて、寛治に告げ口はしなかった。

さらに、千里子はそれなりに占いが出来るらしく、霊力持ちから見れば素人《しろうと》同然の占いを、寛治はいつも楽しそうに聞いていた。

「千里子。昨日な、春日小路家とのツテが出来たんだ。『不運を封じる竹細工』が買えるようになったぞ」

「おめでとうございます、旦那様！　この前の朔日《さくじつ》の占いで、旦那様の飲まれるお茶に吉兆が出てましたから……。そうなると思っていました。やっぱり旦那様は、強いパワーの持ち主ですね」

「うんうん。そうかもなぁ。でもパワーが強まったのは、千里子のお陰かもしれんぞ」

「まぁ、そんな」

単純に、寛治が京都の名家だという春日小路家に近づくことができたのは、樹里の両親のお墓を管理している地元の名刹の優しい住職さんが、寛治の懇願を受けて春日小路家の当主に紹介してくれたから。

千里子の占いが全く関係ないのはもちろん、樹里の両親のお墓を管理してくれているというその住職すら、つまりは樹里のつてだった。

その事は千里子だってもちろん分かっていたはずである。なのに、しおらしい顔をしながら自分の占いの実力を誇る様子が、樹里には馬鹿らしくてたまらなかった。

さらに、樹里の両親のお墓が、全国的に知られた名刹にある事を、寛治は樹里を引き取る前から知っていたはずだと思い出す。

（あぁ、そういう事か……）

寛治は、樹里を引き取りたかったのではなく、樹里という存在からもたらされる社会的な信用や、名刹の住職との「つて」を引き取りたかったのだ。

それに気付いた瞬間、樹里の家族は、完全にこの世からいなくなった。

角川《かどかわ》悠真と出会ったのは、樹里が高校二年生の時。

悠真はクラスメイトであったが、秋の学園祭で互いに演劇の出演者となるまでは、挨拶さえするかどうかの仲だった。

準主役を務めた悠真の演技は思った以上に上手で、樹里だけでなくクラスメイト全員が感銘を受け、学園祭当日の本番でもスタンディングオベーションが起こった程だった。

学園祭の打ち上げの帰り道。樹里はたまたま悠真と二人きりになり、夜道を歩いた。

「角川君、本当にお疲れ様。凄かったね。まさかうちのクラスの演劇に、スタンディングオベーションだなんて……。あれは絶対に皆、角川君に向けてだったよね。角川君って、演劇とかやってたの？　劇団の子役とか？」

「いや。ただ、俺の母さんが昔、歌劇団にいたんだよ」

「えっ、本当？　トップスター？」

「まさか！　端役を少しやっただけで、すぐ辞めたよ。で、普通の会社員になって、結婚せずに俺を産んだの」

元劇団員の母親が悠真に演技を教えた訳ではないが、母親は、歌劇団の過去の公演のDVDを沢山持っており、悠真はそれを見て育ったらしい。

舞台における発声の仕方や立ち居振る舞いを悠真は自然に身につけ、しかし当然、それらは舞台に上がらない限り発揮される機会はなかった。そのため、今回の学園祭まで、周りはおろか本人すらその資質に気付かなかった……という訳だった。

悠真は明るくて物腰柔らかな性格で、なのに知的なところもあったので、皆に好かれていた。学園祭での演技によって皆の注目を浴びても、その性格ゆえに、誰からも嫉妬される事はなかった。

元からの性格に加えて、高い演技力という意外な一面が全校生徒に知られた悠真は異常にもてるようになり、よく告白されるようになった。

樹里も例外ではなく、演劇を一緒に務めたという事と、実は互いに霊力持ちという事がきっかけで仲良くなって悠真に惹かれ始めていたが、振られる事が怖いあまり、あくまで友達同士という関係を保っていた。

けれど驚いた事に、そんな数多《あまた》の生徒からの告白を断って悠真自ら告白した相手が、樹里。

高校の卒業式の日だった。

「何で私なの……？　他にいくらでも、可愛い子や綺麗な子から告白されてたよね？」

「でも、一番仲がよかったのは、樹里だよ」

「それは、友達としてでしょ？　てっきり悠真は、私をむしろ男友達扱いしてるんだろうなって……思ってたし……」

「照れ隠しに決まってるだろ、そんなの。ほ、本当は、友達よりもずっと一緒にいたいなって思ってたし」

「あっ……。そ……、そうなんだ……？」

「うん……。あと……。前に一度、樹里が俺のお弁当を作ってくれた事あったよな？」

「あぁ、中間テストで、点数が負けた方が作るってやつ……」

「あれ、めちゃくちゃ美味しかった。それでまた、樹里を好きになった。優しい味のお弁当で、食べたら何だか、樹里に包まれてるみたいで。あぁ、樹里の作ったお弁当だなって、作った人と料理って似るんだなって思って、それで……。ごめん、自分でも何言ってるか分からなくなってきた」

要は、お前が大好きなんだよ、付き合ってほしい。桜の舞い散る中で、悠真は顔を真っ赤にして樹里に言った。

この時ほど嬉しかった事はないと、樹里は今でも思う。

樹里もまた、教室で友達として接する裏で、優しくて朗らかで、陽だまりみたいな悠真が大好きだったからだ。

卒業式で、両想いになれたのが嬉しかった。

役者になりたいという悠真に影響を受けて、寛治の飲食店を継ぐ事なく、いつか自分だけの飲食店を営みたいと樹里が夢を持ったのも、この時だった。

大学へ進学した後も、樹里と悠真の交際は、知ったら何かとうるさいだろう寛治には秘密裏に続いた。やがて悠真が樹里を下宿先に呼んで、亡くなった祖父の形見だというオフロードバイクを見せてくれた。

「俺、最近やっと乗れるようになってさ。もうちょっと一人だけで乗って慣れてきたら、二人で乗って、どこかへ行こう」

「いいね。凄く楽しみ。孫が乗るなんて、おじいさんも喜ぶね」

その翌週に、悠真が付喪神の主としての能力を目覚めさせて、バイクの付喪神を生み出した。突然、渋い老人の声で話し始めたバイクに悠真も樹里も驚いて、悠真はその場で「豊親」と名付けたのだった。

はじめは、豊親はバイクの姿のまま喋るだけだったが、樹里が悠真の下宿先で一泊した翌日、牡鹿の姿となって、本体のバイクから出てくるようになった。

悠真は、祖父が遣わしてくれた相棒だといって豊親をバイクごと大事にし、豊親もまた、亡き祖父の話を聞いて以降、悠真を孫のように見ていた。樹里も恋人として、いつも悠真の下宿に遊びに来ていたので、自然と豊親と仲良くなった。

「樹里殿は、いつ、悠真殿とご結婚される予定かな」

「えっ⁉　そっ、そんな話はまだ遠い先……。いやっ、というか、結婚するかどうかすら分からないよ⁉」

悠真の下宿先の駐車場で、樹里が顔を真っ赤にして否定すると、牡鹿の豊親は「確かにそうだな」と、愉快そうにくっくと笑う。

「しかし昨晩、悠真殿が言っていた。俺の所有権を、自分と樹里殿のものにしたいとな」

「私もバイクに乗れって事？　確かに免許は持ってるけど」

「乗れるに越した事はないが……。要は、俺という付喪神の主の地位を、悠真殿と樹里殿で共有するという事だろう」

その後、買い物から帰ってきた悠真に話を聞くと、共有の話は間違いではなかった。

「豊親っていう、こんな頼れる付喪神が出現したんだから、樹里も主にすれば、変な亡霊から樹里を守れるかもって思って……。でも、まだ一度も亡霊に襲われた事ないのにな！　ごめんな、俺、勝手に変な想像しちゃって！」

自分の恋人を守るために、豊親を樹里の付喪神にすると言ってくれた悠真の優しさが、愛しくてたまらなかった。

さらに、

「これは、まだ先の話だけど……。俺、大学を卒業したら、お前と結婚したいと思ってる。だから、その、豊親の主を共有するっていうのは、まぁそういう意味もあった訳で……」

と、悠真から言われた時、いよいよ中村寛治のもとから飛び立って、自分の本当の人生が始まるのだと分かった樹里は、目が眩むぐらい幸せになった。もちろん樹里も快諾し、二人だけの、正確に言えば二人と豊親だけの、秘密の約束が誕生した。

しかし、そんな幸せな未来予想図は、樹里が社会人となった直後に突然、寛治が持ってきた縁談によって断たれてしまった。

相手は、京都の陰陽師の血を引く名門・春日小路家。

樹里の知らぬ間に、寛治はその次期当主と樹里がお見合い出来るように各方面へ働きかけて、縁談を実現させたらしい。

この時にはもう、寛治の経営は大阪にも店舗を出すほどの勢いだったので、樹里のつてや千里子の占いを当てにせずとも事はすんなり運べたらしい。

　当然樹里は反発し、頑として縁談を受け付けなかった。

　樹里が正直に、交際している人がいると話すと、寛治の顔色が一変した。

「どこのどいつだ。そんな奴とは別れろ。今すぐ別れろ！　俺に黙って勝手な事しやがって」

　後はもう父娘の大喧嘩で、千里子が入る隙など微塵もなかった。

　その時は、最終的に「そうか」と寛治が折れて樹里も矛を収めたが、今思えば、それが間違いだったのかもしれない。寛治がやっと縁談を引っ込めたと安心していた樹里に届いた知らせは、何の前触れもない突然の、悠真の入院だった。

　大学を卒業して寛治とは全く無縁の洋食屋に就職していた樹里も、役者を夢見つつ一般企業に就職した悠真も忙しくなっていたので、確かに連絡の頻度は減っていた。けれど、絆は確かだったので無理に互いへ干渉はせず、会う度に、結婚の時期について話し合い、少しずつ人生計画を固めていた。

　そんな時にわざわざ豊親が、本体から離れた鹿の姿で、それも寛治の留守を狙って来た事に樹里が驚いていると、悠真が精神を患《わずら》って入院していると悔しそうに告げたのだった。

「精神病で入院……って事……!?」

「いや、そうではない」

「じゃあ何？　入院はしてるんでしょ？」

「それは間違ってはないが、入院先が、霊力持ち専門の病院だ」

「まさか……」

樹里も、すぐに分かった。

霊力持ちが精神を患って入院というのは、すなわち何かに取り憑《つ》かれたり、呪詛をかけられたという事を意味する。

さらに樹里は直感的に、誰が悠真を手にかけたかも想像がついた。

「豊親。今すぐ私を病院に案内して」

寛治にばれる事を避けるため樹里は走って悠真の下宿先まで行き、本体のバイクとなった豊親を走らせた。

呼吸ももどかしい程に急いで受付を済ませて、牡鹿の豊親と共に病室に飛び込んだ樹里が見たのは、生気を失ってぼんやり窓の外を見ている悠真と、悠真とは別の意味で生気を失い、悲嘆に暮れていた中年女性。

「悠真……？　どうしたの……？　それと、あの……。悠真君のお母様……ですよね？」

樹里の問いに、悠真も、悠真の母親も答えない。

変わり果てた二人を見て呆然とする樹里に、全てを豊親が話してくれた。

結論から言えば、悠真の母親が、悠真にとある術をかけようとして失敗し、術が変質して呪詛となって、悠真に取り憑いてしまったらしい。

その術というのが、憑依《ひょうい》の才覚を目覚めさせる術。息子を千載一遇のオーディション に合格させようとした、母親の歪んだ愛情だった。

憑依の術というのは、端的に言えば霊力的な意味で演技力を底上げするもので、極端に強い術ともなれば霊力持ちの世界では規制対象となるらしい。

悠真の母親も、悠真の演技力をほんの少しだけ助けるつもりで簡単な祈禱を施したらしいが、その祈禱に失敗したのである。

そうするよう促したのは、樹里が予想していた通り、あの寛治だった。

「寛治と悠真のお母さんって、知り合いだったの……？」

「そうではない事は、樹里殿も十分知っていよう。……樹里殿は中村寛治から、縁談の話を持ち込まれていたらしいな？」

「何で、それを知ってるの……？　でっ、でも！　私はちゃんと断ったよ⁉　私、ちゃんと悠真と結婚したいよ⁉」

「そこは疑ってはいない。今の樹里殿の発言で分かったが……。要は中村寛治は、樹里殿に恋人がいると分かった後、人に調査を依頼し、悠真殿の存在を知ったのだ。そして悠真殿の母親が、昔に痛い目を見たという呪術の事もな……」

「呪術……？」

悠真の母親は、歌劇団に在籍していた時に、憑依の術を使った同期に自分の役を奪われた事があったらしい。

幸い、同期の霊力と演技の才能が足りなかったので、効果は長くは続かなかった。が、結果的にはその時期だけ、同期は自分の実力に見合わない役を悠真の母親から奪って、華やかな舞台に立てたのである。

悠真の母親はそれにショックを受けて歌劇団を辞め、やがて会社員となって産んだ子供が悠真。その悠真も役者を志したので、母親は、自分が果たせなかった夢を我が息子に、と並々ならぬ思いを寄せて応援していたという。

それらを調査で知った寛治が、母親の心に付け込んだらしい。

豊親の話によれば、どうも寛治は、

「うちの娘と、そちらの息子さんが、結婚の約束をされているそうで……」

と切り出し、大阪にいる劇団のプロデューサーに悠真の事を話して、オーディションの橋渡しをすると言ったらしい。

この時運悪く、ちょうど悠真が自分の演技や夢に行き詰まって悩み始めており、それを以前から知っていた母親も、何とか息子を助けてあげたいと思っていた。

そんな母親の心に、寛治の甘言《かんげん》が入り込んだ。要は、悠真に簡単な祈禱を施して、ほんの少しだけ、霊力的に悠真の演技力を高めてあげてはどうかと、母親にアドバイスしたのである。

それを受けた悠真の母親は、在りし日の同期を思い出したのか、ささやかな夢の逆転劇のつもりで、悠真に低級な祈禱を施した。安全策として選んだ低級な祈禱のはずだったが、低級ゆえに失敗し、憑依の術が「狐憑き」ともいえるものに変質し、悠真に取り憑いてしまって今に至るという。気付いた豊親が、牡鹿の姿で悠真の下宿の部屋に駆け込んだ時には、悠真はぼんやりとした顔で床に倒れており、母親は泣きながら豊親に全てを話して懺悔した後、ショックで倒れたという事だった。

以上の経緯を豊親から聞いた樹里は、後悔のあまりに涙を流し、そばの椅子に座って顔を覆った。

「……私が、もっと悠真と連絡を取っていたら、こんな事には……っ！」

その時、今まで全てに無反応だった悠真の母親が、やっと、病室にいる樹里の存在に気付いた。

「……あんた……」

「……悠真君の、お母様……？」

母親はゆらりと立ち上がり、目を見開いて樹里にこう言ったのだった。

「あんた……。いつ来たの……？　また私から奪いにきたの……？　キャサリン役も悠真も、全部あんたが取ったんでしょ……!?　全部あんたのせいだよ……！　才能もクソもない小娘のくせに……っ！　ふざけんなてめぇ！　死ね！　責任取ってよ！　責任取れぇっ!!　どうせならキャサリンになりきって心も体も死んじまえっ！」

過去と現在が分からなくなった母親の形相は恐ろしく、豊親が間に入っていなければ、恐怖で動けなくなった樹里はあの時、悠真の母親に絞め殺されていただろう。

床に額をこすりつけて必死に母親に謝罪して、樹里にすら反応しなくなった悠真を抱きしめてから病院を辞した後、樹里は我を忘れて寛治に殴りかかった。

治せ、治せ、悠真を治せ、私も死んでやると絶叫する樹里に、父親に対して何たる行為だと怒鳴る寛治。

しかし、寛治は樹里がこうなる事を予測していたらしく、最終的に、寛治が持ち掛けた取引は、やはり縁談を受ける事だった。

「お前が素直に、春日小路家の縁談を受けてくれるんなら、悠真君の治療は全部やってやる」

「何をいけしゃあしゃあと！　全部、お前がこうなるように仕向けたくせに……！」

「俺は悠真君の母親と、昔話をしただけだ。悠真君への祈禱は、あの母親が自分で決めた事だ。馬鹿な奴だよなぁ。親が我が子に祈禱するなんて。確かに効果は高いが、反対に失敗したらとんでもなく強い呪詛になる。霊力持ちなら常識だよな。……で？　どうする？　この話を断ってもいいが、そうなると悠真君はどうやって治すんだろうなぁ……。狐憑きの入院は、何かと金がかかるらしいと聞くけどな。心神喪失したあの母親じゃあ、無理だろう。実の息子に呪いをかけてしまった過失を、霊力持ちの警察に問われる可能性もある。とすると、あの悠真君は、別の誰か、、、が大金をかけて援助しなきゃ、一生あのままだろう……」

そう言われて選択を迫られた樹里だったが、悠真が実際にああなってしまった以上、選択肢は一つしかなかった。

寛治が悠真の治療を一手に引き受ける事を条件に、樹里は悠真と別れて、春日小路家の縁談を受ける事にした。縁談には付喪神が必須だったので、樹里の懇願を辛うじて聞き入れた寛治は情けとして豊親を樹里の付喪神と認め、一緒に縁談に組み入れてくれた。

自分の未来設計図が、まさかこんな幕引きとなるとは思いもよらなかったが、これも全ては、悠真を元気にするため。

「樹里殿。それでは、京都に参りましょうかな……」

「うん……」

母親と寛治に悠真との連絡を遮断された後は、悠真の回復を祈る事しか出来ないまま、樹里と豊親は京都へ旅立った。

さようなら、悠真。元気になった後は、幸せになってね。

京都へ向かう新幹線の中で、樹里は何度も泣いた。別れた悠真の、悲しんだり怒ったりする顔を見ずに済んだのは、もはや不幸中の幸いだった。

寛治が樹里を春日小路家の縁談にねじ込んだ目的は明白で、娘を名家の次期当主の妻にして自分は外戚となり、己の勢力や地位をさらに伸ばす事。千年の都にして、世界的な観光都市・京都で名士になる事が出来れば、ビジネス的にも家柄的にも、進出は一気に加速するだろう。

一介の実業家にして鬼のような野心家になり果てた寛治は、娘の存在だけに頼らず、これを機に春日小路グループを乗っ取る事まで考えていたらしい。

加賀愛子が主催する春のお茶会を控えた樹里に、寛治はこんな指示を出してきた。

「これを預かっとけ。使い方はお前に任せる」

渡されたのは、何の変哲もない木の人形。外見こそ呪詛によく使われる人形代だったが、実際は、物好きな常連客が作ったという素人の手作りだった。

口で明言しないのが寛治らしい用心深さで、要はこの人形代を使って、何かトラブルを起こしてこいという事だろう。あからさまに現物を渡してくるという事は、樹里に持たせたこの人形代は周りの目を引く囮《おとり》で、その隙に寛治がどこかで、本当に春日小路家を堕《お》とす策を立てるつもりなのが、娘の勘で分かった。

（樹里。暴れて乱して、縁談を引き延ばしてこい。その間に、裏で俺が全部やる）

寛治のそういう目を見ても、樹里はもう、どうでもよかった。

悠真が治るなら、自分が寛治から何を預かろうと、自分の身がどうなろうと、もうどうでもいい。寛治に引き取られる前の、あの時と同じ。

自分の何かを守るために、力のある者に従うだけ。

（……そういう星のもとに、私は生まれたのかもね）

樹里が寛治に従ったお陰で、悠真は無事に退院出来たらしい。

けれどもう、悠真とは結ばれない。寛治と母親に一生阻まれて、きっと会う事さえ出来ない。

こうして春日小路家の縁談に臨んだ樹里は、自分の人生全てを諦めていた。

（ここまできたなら。どうせなら、もう）

預かった人形代を使ってトラブルを起こして、自分の縁談相手となった春日小路家や、傘下の皆も困らせてやろうと思った。

（私は……。いや、私も……。中村家の『鬼』になってやる）

寛治に従って悠真を救った後、寛治や春日小路家もろとも、全てを乱して壊してやろうと思った。

しかし事は予想外に運び、春のお茶会では、愛子が即座に試合を始めたので機会を逃した。夏の散策では、春日小路家の従業員・山崎炉子と仲良くなった。悠真の一件から多少の時間が経ち、炉子と交流した事で、樹里の中に残っていた良心が、心の中の鬼に抵抗し始めた。

そして、御子柴るいが樹里の策略通りに、わざと口を開けておいた鞄から人形代を捨てた事で、事態は一気に激流と化した。

春日小路グループに頭を下げる寛治の姿はせいせいしたが、その怒りの矛先が、実はまだ完治していなかった悠真に向けられたのである。

その結果、樹里はまた、豊親と共に寛治に従う事になった。人の心を捨てても、悠真に会えると言われれば、どうしてもその機会を逃したくはなかった。

こんな状態がいつまで続くのかと、四つん這いになって泣いていた樹里の前に現れたのは、春日小路家の次期当主・翔也と山崎炉子。

「樹里さん。……大変申し訳ありません。先程の一部始終を、拝見してしまいました。……だからこそ。私は、今の樹里さんのお力に、なりたいんです。若旦那様もです。あんな役員会議の後で、信じてもらえへんかもしれませんけど……」

暖炉のような、炉子の優しい寄り添いの火に触れて、心の涙が乾く。

「豊親さんが、俺らがここにいた事に気付いてたんやったら、話は早いな。詳しくは言わへん。でも、これだけは言うとく。俺は、俺と山崎さんは、もっと言うたら、春日小路家は……。これからは秘かに、樹里さんと豊親さんの味方や。味方になる。春日小路家次期当主の名において、そう宣言する」

春日小路翔也の言葉に、樹里は強い光明を見た。

翔也の目を見据えていた豊親が、やがてゆっくりと、樹里を見る。

「……樹里殿。相談するに足る、しかるべき存在は……。案外近くにありましたな」

樹里も、それに頷いた。

良心が、光明が、鬼に勝つかは分からない。

けれども、落とし物を装ってグローブを渡して、樹里のやるべき事はやった。

あとはもう、樹里はもう一度寛治の手駒となって、自分が縋った京都の光明が本物かどうかを、確かめるだけだった。

第三章　五十嵐篤と大阪の襲撃

大原での役員会議が終わり、炉子と翔也が、中村父娘の口論を目撃したその翌日。

炉子は翔也の指示で早速行動する事となり、午前中に七条の工房で由良との結界の練習を終えたのち、京都駅から電車に乗って、地下鉄に乗り換えて大阪の代表的な繁華街の一つ、心斎橋まで赴いた。

炉子が向かっている間に、翔也が道雄に中村父娘の件を報告してくれたので、追って雇い主の道雄からも正式に、心斎橋行きの許可が届いた。

樹里達が示唆《しさ》した「心斎橋のイケノビル」というのは、検索して調べると小さな雑居ビルの事で、そこに入っている夜の店は「unison（ユニゾン）」というショットバーただ一軒。

心斎橋パルコや、京都ではほぼ見る事のない、空へ伸びるような三十二階建てのホテル日航大阪をはじめ、洗練された都会の高層ビルの並びと、スマートフォンで出した地図を交互に見て辿り着いた実際のイケノビルは、心斎橋の賑わいの陰に埋もれるかのように、ひっそり建っていた。

幅が狭く、他店のチラシが壁に貼ってある薄暗い階段を上った二階の突き当たりにある目的地の「unison」もまた、仕事に疲れた人間を夜に出迎えるような、店名のプレートが貼ってあるだけの物静かな雰囲気を醸《かも》し出している。

夜に営業する店なので、扉にはクローズの札がかけられている。それを見た炉子はほんの一瞬だけ迷ったものの、勇気を出して、簡素なドアノブに手をかけた。

重い扉を開けると、金髪の三十代半ばらしき豊満な女性が、棚のボトルを数えている。来客に気付くと作業を止めて、炉子を見る。

「あの、表にクローズの札がかかってんの、見えませんでした？」

女性は低い声で、いかにも気が強そうな関西弁で言い放ったが、炉子は一瞬だけびくんと怯んだ後は奮い立ち、

「あの、お休み中にすみません。実はこれ……」

と言って頭を下げ、片方だけの、樹里のライディンググローブを差し出した。

「中村樹里さんから預かって参りました。私は、樹里さんと仲良くさせて頂いている、山崎と申します」

グローブが視界に入った途端、女性は一瞬にして何かを察して、炉子への警戒心を解く。手招きして炉子を店内へ入れた後は、カウンターから白い小壺に入った塩を出して出入り口に撒き、扉には、式神等の闖入者《ちんにゅうしゃ》を防ぐためか、厄除けの札を貼った後でしっかり鍵をかけていた。

「お姉さんは、霊力持ち？」

鍵をかけながら、端的に尋ねる女性に炉子ははいと頷き、

「樹里ちゃんの付喪神は？　来てないの？」

と、さらに女性が続けたので、炉子は、自分が本物の樹里の友人かどうかを試されているのだと気付いた。

「今日は私一人で来ました。豊親さんから、ここへ来るのは昼がいいと教えて頂きまして……。お忙しかったでしょうか」

きちんと豊親の名前も出すと、女性の眼差しが、完全に炉子を受け入れる。

「あぁ、そうなんやね。分かった。別に忙しくないから大丈夫よ。とりあえず、好きなとこ座って」

「ありがとうございます」

炉子がカウンターの椅子に腰を下ろすと、女性は、炉子が口を開くより先に、

「樹里ちゃんは今どうしてんの？　あなたがグローブを持ってここに来るほど、やばい事になってんの？　今の状況って、そういう意味やから」

と反対に質問してきたので、炉子は咄嗟に言葉が出なかった。

unison の店長だという女性・釜淵嬉々《かまぶちきき》は、かつて寛治が大阪に進出した直後の、中村家が経営するショットバーで働いていた人だった。

そこを辞めてからは別の店を転々として、今は自分の店、つまり、炉子が今いる「unison」

を営んで大阪で暮らしており、雇い主だった寛治とは相性が良くなかったものの、時折、応援要員として店にも入った。嬉々達と一緒に大学時代のアルバイトとして働いていた娘の樹里とは、姉妹のように仲良しだったという。

嬉々が中村家の店を辞めて仕事仲間ではなくなった後も、樹里は事ある毎に嬉々のいる店を訪ねて、

「嬉々さん、嬉々さん」

と笑顔を見せて近況報告し、父親にも内緒にしている恋人の話をしたり、寛治の後妻と合わない自分の心の内を吐露したり、料理の腕を磨くために洋食屋に就職しようかといった相談等をしていたという。

「樹里ちゃんと最後に会うたんはだいぶ前の事で、『お見合いをするから恋人と別れた』って、泣きながら私に抱き着いてきてん。その時、鹿の豊親さんも一緒で、うちは豊親さんから、樹里ちゃんの抱えてる事情と、縁談の事について聞かされた。ほんで、樹里ちゃんから、今あなたが持っているグローブを見せられて、頼まれてん」

これからは連絡が取りづらくなるかもしれない。もし、嬉々のもとに、自分のライディンググローブを持って自分と豊親の名前を出して訪ねて来る人がいたら、自分が抱えている事情を全部その人に話して、悠真が入院している病院の名前も伝えてほしい、というものだった。

それは樹里が用意していた、自分に何かあった時の保険であり、今まさしくグローブ

を持って樹里と豊親の名前を出して訪ねて来た人こそが、炉子だったのである。

「やっぱり悠真さんという方は、樹里さんの恋人やったんですね。実はその、今、樹里さんと豊親さんは、悠真さんを人質のようにされて、父親の中村社長に色々強いられてるようなんです。樹里さん達の間に、何があったんですか……？」

炉子が問うと、嬉々は自分が知っている限りの、樹里の家庭環境や縁談に臨む前に起きた事を話してくれた。

嬉々は樹里と姉妹のように仲がよかっただけに、樹里の半生をほとんど知っていた。樹里が寛治に引き取られて育った事や、悠真が樹里の恋人だった事、その悠真が母親もろとも寛治の罠《わな》にかかって呪詛を受けてしまい、それを治すために樹里が豊親と共に寛治の手駒になっている事など、嬉々の口から聞かされた話のどれもが、聞くだけで炉子の心を傷つけた。

（樹里さんに、そんな事があったなんて……）

結婚を夢見るぐらいに愛した人が廃人《はいじん》同然となり、それを救うために義父の傀儡《かいらい》となって望まぬ縁談につくなど、どれほど辛いだろうか。

樹里には本当に愛する人がいて、翔也の事は全く好きではないのだと知ってほんの一瞬だけ安堵した炉子だったが、その半生を知った今、一瞬でもそんな事を思った自分が情けなく感じる程、樹里の状況は切なさに溢れている。

今まで、炉子の心に引っかかっていた石山寺での、

「いいよね。自分の恋に一生懸命に、なれる人はさ」

と吐き捨てていた樹里の言葉が、全てを聞いた今、ありありとした哀しさを伴って胸に迫る。今までクールだと思っていた樹里に、別の一面がある事を知った。

「樹里ちゃんね、父親の社長と違ってほんまにいい子やったんよ。店がどんなに忙しくなって他のスタッフがイライラしても、笑顔で『お疲れ様です。ありがとうございます』って言うてくれて……」

「そうやったんですね……。私も、樹里さんがいい方やというのは凄く分かります。縁談を通して、とても仲良くさせて頂きました。気遣って頂いた事もありました。なので、私と若旦那様は、樹里さんの味方になると申し出て、樹里さんがグローブを……」

「あなた方に託したという訳やね。私はこうして樹里ちゃんの事を喋る事しか出来ひんけど、力になれる事があったらいつでも言うてな」

「はい」

炉子は最後に、悠真が入院していたという福岡の霊力持ち専門の病院を教えてもらい、店を辞した後はすぐに地下鉄に乗って、京都に直行するJR大阪駅のホームに立った。

京都行の電車を待っている間も、炉子の心はざわざわして落ち着かない。

長い行列を作る人々の中で、いっそただちに翔也に電話して、少しでも早く樹里を救う手立てを考えたいという衝動に駆られてしまう。

しかし、そのような話は電話でするべきではなく、スマートフォンが入っている自分の鞄をちらと見るだけで、自身の衝動を押し止めるだけのわずかな理性は残っていた。

（分かってる。冷静にならな駄目やって。でも……）

それでも、全ての元凶である寛治への怒りはなお尽きず、娘の恋人を壊して人質にしてまで、自分の商売の覇道《はどう》を進もうとする卑しい心根に嫌悪感が増す。

また、そこから連鎖的に、山咲の土地のオーナー会社・テトテの事や、果ては六年前の裳子の事までもが、炉子の脳内に、理不尽な思い出として浮かび上がっていた。

（世の中ってこんなにも、理不尽な事で溢れてるんやな）

そう思うと炉子は、世の中とはそういうものなのかと意図せず了見して気疲れし、そんな自身さえも情けなく感じて、つい俯いてしまうのだった。

全国で三番目に人口が多い大阪では、あやかしも多く住み着いており、善良なあやかしはもちろん、京都とはまた一風違った、人間によくない悪戯をする化け物も秘かに跋扈《ばっこ》しているらしい。

その化け物は、電車を待つ間の炉子が抱いた怒りや疲れを嗅ぎつけて寄ってきたらしく、霊力の乏しい他の人達が気付かないまま、いつの間にか炉子の背後に立っていた。

「――お、おまえ。おまえさんなぁ。うまそうやなぁ。うまそうやなぁ」

「えっ……？」

低い声がしたので炉子が振り向くと、目の前に巨大な、黒い鯰《なまず》のような化け物がぱかっと大口を開けている。炉子があっと気付いて自身の結界を張ろうとしたが、間に合わない。化け物は体を曲げて一気に炉子を口の中へと包み込み、ごくんと一息に飲み込んでしまった。

一瞬視界が真っ暗になったかと思えば、炉子はゴム毬《まり》のように跳ね飛ばされ、散らばる鞄の中身と共に、柔らかい空間に投げ込まれる。

ただちに炉子が起き上がると、自分のいる場所がゴミ袋のような半透明の空間である事が分かる。化け物の体そのものが漆黒ではなく半透明ゆえか、炉子が今いる体内から、大阪駅のホームの景色がぼんやり透けて見えていた。

(うそっ……⁉　えっ……⁉)

戸惑って顔を上げると、炉子の頭上に、ぱくぱくと開閉する穴が見えている。一瞬で、炉子はそれが体内から見える口だと理解し、

「もろうた、もろうた。腹いっぱいや。ひゃははははは」

と、上機嫌な化け物の高笑いが体内一帯に響き渡ると、その声が一気に反響した。

その轟音《ごうおん》に炉子はぎゅっと目を瞑って、両手で耳を塞いだ。

(まさか私、食われた⁉)

狭苦しいここが化け物の腹の中というのは明白で、炉子の背筋がさっと冷えて、恐怖で体が強張った。

由良との練習の賜物か、炉子はすぐに気持ちを立て直して全身に力を入れて、自身の結界をまとってみる。しかし化け物は、「うん？　うん？」と胃もたれを感じたように

唸るだけで、炉子を吐き出させるだけの効果はなかった。

次の手段とばかりに、炉子は傍らに落ちていた鞄に手を突っ込み、巾着から翔也の亡き母・珠美《たまみ》のネックレスを出して祈るように握る。

（若旦那様のお母様、お助け下さい！）

その状態でもう一度結界を張ると、今度はさらなる効き目があって化け物がえずき、炉子の足元がぐんとせり上がった。ばねのように炉子の体が跳ね、一緒に跳ねた鞄や、お茶の入ったステンレスボトルが飛び出て炉子の顔面にぶつかった。

その痛みに耐えながら炉子は、もう少しで化け物が自分を吐き出してくれると期待したが、出られると思った瞬間に化け物が口を閉じて喉《のど》を波打たせたので、炉子は再び、荷物ごと腹の中まで押し戻されてしまった。

またしても落ちた腹の中には突起物がなく、生き物特有の消化構造とは違うようなので、すぐさま消化されないらしい事だけが救いである。

ネックレスを使ってさえ脱出出来なかった炉子は、そのショックで右往左往するしかなかった。

（どっ、どっ、どうしよう⁉　こんなん初めてやし、周りは皆、霊力の弱い人みたいで、誰も化け物に気付いてくれはらへん……！）

何とか脱出をと炉子が手を突っ張って腹の中から腸壁《ちょうへき》を破ろうとすると、その途端に、化け物は炉子ごと全身をうねらせて動き出し、体を左右に振って人々を器用に避けたりすり抜けたりしながら、ホームを爆走し始める。

化け物が動くと、炉子の足元がまたもや玩具のように跳ねて自身も弄《もてあそ》ばれ、ろくに身動きが取れなくなった。

化け物そのものが霊力持ちの者にしか見えない、あるいは触れる事が出来ないために、腹の中にいる炉子も一緒に、普通の人達の世界から遮断されているらしい。

運悪く、化け物が疾走している構内には見えるだけの霊力持ちが一人もいないようで、時折、化け物とすれ違った微力な霊力持ちが、

「えっ、さぶっ⁉　ここクーラーつけてんの？　この季節に⁉」

と言いながら身を震わせ、全身に鳥肌を立てたり、その場から急いで離れたりする以外、大阪駅は至って平和だった。

腹の中にいる炉子が助けてと叫んでみても、誰も、移動する化け物や炉子に気付かない。

（そんな……⁉　こんなに沢山の人がいるのに⁉）

まるで洗濯機の中にいるかのように振り回されつつ、一向に気付いてくれない周囲に対して炉子は悔しがる。

しかしよくよく考えてみれば、悪しき化け物や怨霊の類《たぐい》を認識、あるいは察知出来るだけの霊力がある人は、退魔を生業《なりわい》とする熟練者でない限り、取り憑かれたり襲われたり、悪影響を受けて体調を崩したり等を防ぐために、遠くから霊力を感じ取った時点で

その場から離れるのが最善である。

特に関西の中心地である大阪駅では、京都のように積極的にあやかしと接したり戦う人よりも離れる人の方が遥かに多いため、ぼーっとしている人が目を付けられる、という話を、炉子は誰かから聞いた事があったと思い出した。

（そうや、私が前に勤めてた会社に来た、霊力持ちやった取引先の人……！）

炉子が新卒で入社した会社にまだ勤めていた頃。来社したその取引先の女性をたまたま炉子が社長室まで案内した時に、互いに霊力持ちだという事が分かって、件《くだん》の話題になったのである。

女性と会ったのはその時ただ一回なので、炉子は話した内容ごと、今まで全部忘れていた。大阪の人による、今思えば極めて重要なアドバイスだったのにどうしてこういう時に思い出しておかなかったのかと、炉子は後悔するばかりだった。

化け物は、我が道を行くようにホームのあらゆるところをうねりながらどんどん移動し、やがて、階段を下りて一階の改札口に向かいつつあった。

嘆いてばかりもいられず、炉子はとにかくもう一度、自力で脱出するしかないと心を決める。邪魔だった鞄を蹴って端に寄せ、珠美のネックレスを握り直した。

自分の霊力を全身に巡らせる。さらに、いつかの練習の時に由良から、

「駄目もとではありますが、急急如律令《きゅうきゅうにょりつりょう》といった呪文を唱えてみるのもいいかもしれませんね」

と教えてもらった事を思い出し、

「言霊というものがあるように、気持ち一つで、単なる言葉も絶大な呪文になる事があるんです」

というのに従って、炉子は咄嗟に頭に浮かべた呪文を大声で唱えた。

「きゅっ……！　急急如律令！」

その時、炉子は頭の中で、春のお茶会でその呪文を唱えて竹光《たけみつ》を出し、鮮やかに戦った翔也の姿を浮かべていた。

ネックレスの効果と呪文と、翔也への想いが形となったのか、炉子の全身を覆う羽毛のような温かさの、柔らかな結界が完成した。

結界は微弱ながらも弾く力を発揮して、まるでポップコーンが弾けるように化け物の体内を刺激する。

「うぉっ。何、何。腹が、腹が。腹が何かおかしい」

化け物は駅の一階まで下り、改札口へ向かっていたところで腹の異変を感じて止まり、釣り上げられた魚のようにのたうち回る。

改札口の前でひっくり返って、全身で床を叩くかのように跳ねる化け物の動きに炉子も体内でぐるぐると転がされ、化け物の移動を止められたはいいものの、炉子自身も結界を張るどころではなくなってしまった。

この時、一階の構内にはようやく強い霊力持ちが現れたらしく、若い男性が遠くから炉子の悲鳴を聞き、暴れる化け物の前まで駆け付けてくれた。

「中にいる人、大丈夫ですか⁉　塩とか持ってますか⁉　今、別の人が、近くのお寺さんや、あやかしの警察を呼んでますから、もう少し待って下さいね！」

翔也と同年代の、翔也よりは少し高めの男性の声が、体内で転がり続ける炉子の耳に届く。

目まぐるしい視界の中で、ようやく助けてくれる人が現れたと必死に渦中から頷くと、男性は右手首に着けている腕輪念珠《うでわねんじゅ》をさっと撫でて、カワウソのような自分の式神を出した。

男性の式神は明らかに化け物を退治するどころか捕縛の力すらなかったが、くりくりした目も凛々しく「きーっ！」と鳴き声を上げて、勇敢に化け物へ嚙み付いている。男性も、腕輪念珠を挟むように合掌して、祝詞《のりと》か経らしきものを唱えていた。

たとえ無力でも、炉子を助けようとする気持ちがよく伝わり、

「あ、ありがとうございます……っ！」

と、絶えず転がされ続ける混乱の中で、炉子は辛うじてお礼を言った後、もう一度全身に結界を張って、化け物の体内を刺激した。

誰か一人が気付くと、連鎖的に他の強い霊力持ちも気付くのか、次に駆け付けた女子高生は自分の鞄から呪符を出して化け物の方へ突き出し、足が悪いのに頑張って走って来てくれたお婆さんは、杖を置いてその場で正座し、ひたすら両手を擦り合わせて「な

んまんだ、なんまんだ」と早口で唱えてくれている。

それぞれの術を使っている間は、霊力持ちの人達も普通の人には見えなくなるようで、今の大阪駅の改札前は、炉子を飲んだ化け物を中心に数人が退魔の術を施しているにもかかわらず、霊力を全く持たない人達が気付かずすり抜けたり素通りしたりして、何食わぬ顔で大阪の街へ去っていくという不思議な光景が出来ていた。

それぞれが微弱でも、束になれば一層の効果が出たようで、ここにきてついに、化け物の腹が体ごと大きくうねり出す。苦悶の大きな呻き声と共に、炉子に接していた腹の内側がどろんと溶け出し、炉子は、最も溶けて開いた上方からすぐさま外へ出た。

しかし、炉子が化け物の背中から上半身を出したところで、化け物の体がきゅっと再生して溶けた穴を閉じてしまう。

結局、炉子の体は巾着の口を締めるように固定され、状況は傍から見れば、びちびちと跳ね回る鯰のような化け物の背中から炉子の上半身が飛び出しているという、一層おぞましいものになってしまった。

それを見た女子高生が思わず悲鳴を上げ、

「いやーっ⁉　お姉さん、大丈夫⁉」

と怯えながら尋ねたが、炉子は気丈に、

「だ、大丈夫です！　意識もちゃんとあります！　痛みもないです！」

と、叫ぶように答えた。

しかし炉子が出ようと身を捩った瞬間、化け物が一層暴れて跳ね出したので、嚙み付いていたカワウソの式神が飛ばされ、女子高生は足の悪いお婆さんの腕を引いて退避せざるを得なくなった。

唯一残った男性だけが化け物へ飛びかかり、炉子を引っ張り出すために手を摑もうとした。

炉子も手を伸ばし、互いの手が繫がろうとしたその一瞬。

炉子はそれまで、まともに見れなかった男性の顔を瞳の奥まで見る事が出来、

「――翔也君？」

「えっ？」

と、炉子の声に男性が反応した事が隙となって、化け物が大きく跳ねた際に男性が後方に飛ばされてしまった。

男性は何とか着地したものの、炉子は再び、化け物の動きに振り回される。

既に構内は霊力持ちでない人さえ異常な気配を感じてざわめいており、恐怖、焦り、混乱が極限まで達して涙ぐんだ炉子の脳内に浮かんだのは、先程の男性から見出した翔也の面影だった。

（若旦那様っ！　わかっ……、翔也君……！）

はじめは、ただただ助けてと、縋るように翔也の名前を心の中で呼ぶだけだったが、わずか一秒にも満たぬ間に、炉子の脳内を長い時間が駆け巡る。

自らを捧げて山崎家を救った裳子の事や、六年前に自分を励ましてくれただけでなく、大原での役員会議で寛治と対峙《たいじ》し、樹里の味方になると宣言した翔也の事が、しっかり思い出される。

そして何より、自らの辛い運命と闘い、ただ一心に愛する人の為に華麗なる縁談《たたかい》に身を投じている樹里の姿が、萎《しお》れていた炉子の心を叱咤するように、ぴんと引き締めた。

（……そうや。皆、何もしいひんかった訳じゃない……！）

樹里も翔也も裳子も、自分の敵、あるいは世の中の理不尽に抗《あらが》っている。

自分だけが、ただ振り回されるだけの、ちっぽけな存在で終わりたくなかった。

炉子の心に明確な変化が起きたのはこの時で、闘志にも似た何かが芽生え始めて火が灯ったのを、炉子は自覚した。

自身の体が弄ばれる今もなお、化け物は暴れ続けており、このままでは周囲の人達にも被害が出るかもしれない。

「この……っ！　いい加減にしなさいっ！　止まりなさい！」

大きく息を吸った炉子は、振り回されるのも構わずぐっと歯を食いしばって、両手で化け物の表皮をがっちり摑み、手綱《たづな》のように思い切り引っ張る。

その瞬間、化け物の体が大きくのけ反り、驚いたようにぎょろりと目を剝いて、炉子を見た。

睨んでいるというよりは、炉子の声に気を引かれたという表情である。そのほんの数ない。


秒間だけ、化け物は動きを止めた。

その反動で、炉子は平衡感覚が狂って気持ち悪くなったが、摑んだ表皮は決して離さない。


化け物は再び暴れ始めたが、もう炉子に恐れはなかった。

「駄目っ！　暴れないのっ！　そっちへ行くなーっ！」

大声を出し、我を忘れて女子高生やお婆さんにぶつかろうとする化け物の表皮を再び引っ張って、のけ反らせるようにその動きを制御する。

この時、炉子が必死になって化け物を制御している間に、先程の若い男性は自分の懐からスマートフォンを出し、誰かに電話をかけていた。

その切迫した物言いから、一瞬だけそちらをちらと見た炉子は、警察に通報しているのだと思ってすぐに化け物の方へ気を向けたが、電話を切った男性が懐よりさらにシャツの下の、自分の左胸に直に貼っていたと思われる呪符を一気に剝がして手に持ち、

「双方の合意及び盟約のもとに、一挙に繫げよ！　お出まし下され！」

と叫びながら、足元の艶《つや》やかなタイルの床に叩きつけると、呪符が閃光を放って強い旋風を巻き起こした。

構内の垂れ幕や周囲の人の衣服がはためき、誰もが一瞬目を細める。美しい光と風の後に、現れたその人の姿を見た瞬間。

炉子は、化け物を押さえるのも忘れて、信じられない事が起こったとして、目を見開

いた。

　呪符から出現したのは一人の男性で、シャツにスラックス、靴をしっかりと履いた、美しい顔立ちの人。炉子がすっかり見慣れた作業姿の、光る君と呼ばれる春日小路家の次期当主・春日小路翔也その人だった。

　どうやら呪符によって呼び寄せられたらしい翔也自身もまた、最初の一瞬はひどく戸惑って振り返り、自分を呼び出した男性を見ていた。

　その時、翔也の口が確かに、

「兄さん」

と、男性に対して動いたのを炉子ははっきり目撃し、それと同時に化け物が暴れたので炉子が短い悲鳴を上げると、それを聞いた翔也ははっとした表情でこちらを見た。

「炉子！」

　翔也が自分の名前を呼んだ、と炉子が驚いた間に、翔也は自身の危険も顧みず化け物に突進し一足飛びに炉子まで辿り着き、その上半身をぎゅっと抱きしめる。

　翔也は即座に、炉子を抱いていない左手の人差し指と中指だけを立てた刀印《とういん》を組み、

「動きを封じろ、急急如律令」

と、囁きよりも小さい声で唱えると、化け物は鞭《むち》を打たれたかのように、動きを一瞬だけ止めた。その隙に翔也は炉子をしっかり抱き寄せて化け物の背中から飛び出し、炉子と共に、見事脱出に成功していた。

炉子を庇って背中から着地した衝撃で、翔也はぐっと目を閉じて呻き声を上げる。すぐに起き上がった炉子は真っ青になって、顔を歪める翔也に身を寄せた。

「だっ、大丈夫ですか若旦那様⁉　若旦那様！　返事してお願い、わかっ……。翔也君っ！」

この時、炉子は周りの全てを忘れて翔也しか目に入っていなかったが、周囲では、通報を受けた退魔の熟練者、すなわち近くの寺の住職や大阪府警の人外特別警戒隊の隊員がようやく駆け付けて化け物を緊急逮捕し、事件は収束したらしい。

幸い、翔也は背中への衝撃の強さに返事が出来なかっただけで、しばらくすると目を開けて上半身を起こし、炉子の肩に手を置いてくれた。

「山崎さん……。大丈夫か……？」

呼び方が、自分の名前から苗字に戻っている事が翔也の理性の証であり、同時に、意識がはっきりしているのだと、炉子は安堵して泣いてしまう。

「わ、私は、大丈夫です……！　翔也く……、若旦那様……。助けて下さってありがとうございました……！　でも、何でここに……？」

「兄さんに、呼ばれてんや……。詳しくは後で話すけど……。まさかこんな形で、実験する日が来るなんてな……。あたたた……」

「いっ、痛いですか？　背中ですよね？　救急車とか」

「いや、大丈夫。高いとこから落ちた訳じゃないし、すぐ治る。……治療費は全部、兄さんに請求するわ」

「兄さん……？」

　翔也が深呼吸して、呆れたように若い男性を見上げる。

　件の男性は、カワウソの式神を自身の肩に乗せてふわふわと撫でており、そっとこちらへ歩み寄ると翔也と炉子の前で膝をついた。

「――翔也、悪かったな。俺もまさか、こんな事になるとは夢にも思ってなかったから、自分でもまだ混乱してるわ」

　若い男性の口調は、関西弁の発音が混じった標準語であり、先に炉子が口走ったように、翔也に似て、顔立ちがとても端正だった。

　翔也に寄り添いながら若い男性を見上げた炉子は、面接の時に受けた、春日小路家や翔也の説明を思い出す。

　確か翔也は、春日小路家の次男であり、となれば当然、長男が別にいるはずだった。

「あの……。もしかして……」

　呟く炉子に、男性は「ああ」と声を出してにっこり笑った。

「こんな状況で出会って、訳分からんかもしれんけど……。初めまして。翔也の兄で、元・春日小路家の長男。今は東京の落ちぶれた名家・五十嵐《いがらし》家の養子となっている、五十嵐篤《あつし》です。山崎さんの事は、今年の春からずっと聞いてるよ。俺は五十嵐家の跡取りやけど、同時に春日小路家の分家っていう立場でもあるしね。そろそろ、皆をびっくりさすために京都へ行ったろーって、思っててん」

翔也が次男という話の他に、今まで聞いた縁談の説明では時折「春日小路の分家」という存在が出ており、その分家というのも、どうやら篤の事らしい。

突然の邂逅《かいこう》に炉子が唖然としていると、翔也が家族の前ゆえか、どこか安堵したように顔を和らげた。

「……あ、ごめんな、山崎さん。この人はほんまに俺の兄さんで、正真正銘《しょうしんしょうめい》の春日小路家の分家やから、心配せんでええで。兄さんはほんま、色んな意味で変な人やから……。俺をこんな風に強引に呼び出した、今の状況も含めてな」

「あ、はい……」

まだ状況についていけない炉子だが、とにかく化け物はすっかり警察の隊員達に任せる事が出来、事件は無事に解決である。

あれだけの騒ぎで本人も真剣に炉子の救助に当たっていたのに、事が過ぎた今、篤はすっかり飄々としていた。

「強引に呼び出したって、俺はちゃんと事前に電話したじゃないか。そもそも、あの転移の術はお前の合意がないと出来ないんだし、強引でも何でもないよ」

「いきなり電話してきて、『お前の知り合いが襲われてる、山崎さんっていう子ちゃうんか』って早口で言われたら、合意もするやろ」

「ふーん？　変わったなぁ、お前。昔のお前なら、まずは状況を聞いてくるだろうに」

「襲われてんのが、父さんや円地さんやったら、そうする。でも山崎さんは……。お手伝いさんやから」

「ふうん。ま、そうだねぇ。陰陽師って訳じゃないだろうしね」

「そういう事や。山崎さん、兄さん。行こか。警察の人が呼んでるわ。多分、事情聴取やと思う」

「あ、はい！」

　立ち上がる翔也を支えようとした炉子だったが、炉子自身も化け物に食われかけた被害者で、加えて化け物を制御したので疲労困憊《こんぱい》である。

　膝に力が入らなくてへたり込む炉子を逆に翔也が支えてくれて、肩を抱くように、ゆっくり炉子を立たせてくれた。

　その翔也の手が思ったよりも大きく、硬くて男らしく、そして花を扱うように優しかったので、炉子は思わずどきりとした。

「すっ、すみません、若旦那様！　使用人の私が支えな駄目やのに……」

「こんな時に、若旦那も使用人も関係ないやろ。化け物に、あんな風に取り込まれて……。怖かったやろ。怪我とか異常はないか。ごめんな、一人で戦わせて」

「若旦那様……」

　炉子の胸がとくんとする傍で、篤がうんうんと頷く。

「そうそう。山崎さん、凄く頑張ってたよ。凄かったよ。上半身しか動けないのに、霊力を全開にして化け物を引っ張ってね。勇敢に動きを押さえてたんだよ。こう、力強く、ぐわーっと。化け物も、必死の山崎さんの手綱には抗えないように見えたし……。山崎さん、何かの才能があるんじゃないの？」

「ま、まさか。あの時はただ必死やっただけで……」

「いやいや、その必死な時に出るものが、その人の真の才能ってもんなんだよ。俺もあいう時に、翔也みたいにもっと退魔の術を使えたら、山崎さんをすぐ助けられたと思うし、こいつにも苦労させなくて済んだろうけどねぇ……」

篤が、肩の式神を指でくすぐると、式神が嬉しそうに喉を鳴らした。

ふと炉子が視線を感じると、翔也が優しい目を向けていた。

「……よく、頑張ったな」

心を込めて労ってくれたので、炉子は驚かさないよう嬉し泣きを必死にこらえて、

「……はい！」

と、笑顔を見せて答えたのだった。

第四章
中村樹里と秋の競《くら》べ馬《うま》（前編）

偶然とは、時にはミステリー小説等を凌駕《りょうが》する程の、予想外の展開を起こすらしい。

化け物に食われた炉子を偶然見つけて、駆け付けて奮戦した果てに翔也を呼び寄せる術を使った若い男性は、本人の自己紹介に加えて翔也が説明した通り、れっきとした春日小路家の長男にして、現在は東京の霊力持ちの名家・五十嵐家の養子となった翔也の兄・五十嵐篤だった。

今日はたまたま、五十嵐家が経営する会社の出張中だったらしく、そのついでに大阪駅から京都の春日小路家を訪ねようとしていた時に、例の現場に遭遇したらしい。

警察によってあらかた事件が片付けられ、炉子と翔也の怪我の具合を診てくれた霊力持ち専門の病院まで急ぎ駆け付けてきた由良・円地、そして現当主の道雄は、炉子と翔也の無事に胸を撫で下ろした後、談話室で気軽に手を振る篤を見た。

「いきなり翔さんがいなくなったと思って、こっちは血相を変えて探したんですよ⁉　五十嵐家の札があったので、すぐに事情が分かりましたが……っ！　篤さんじゃなかったら今すぐこの場で斬り倒してますよ！」

由良は自身の狐の耳や尾が飛び出ているのも構わず篤を叱り、

「それにしても、まぁ、とにかく皆無事でよかったですねぇ」

と、円地は苦笑いし、

「おう、篤。久し振りやな。五十嵐さんは元気か。お前、大阪来てたんかい」

と、道雄は相変わらず泰然と、まずは長男との挨拶を交わしていた。

それらの様子から、篤がやはり春日小路家の一員なのだと炉子にもよく分かり、たとえ別の家の養子となり分家の人間となっても、春日小路家の家族仲はよいのだなと、炉子は温かい気持ちになった。

本家と分家、ないしは次期当主とその兄という兄弟が揃った後、炉子は円地の運転する車に乗せてもらい、高速を走って春日小路家の面々と共に本宅へ帰る。

炉子の代わりに円地がお茶汲みを担って、居間に、春日小路家がほぼ全員集まる形となった。

まずは道雄が口を開き、

「改めて俺から紹介すると……。この、俺に似て何か胡散臭い奴が、俺の長男で翔也の兄貴の、篤な。苗字は既に聞いてる通り『五十嵐』で、これは七年前に、篤が東京の五十嵐家に養子になったからやねん。五十嵐さんとこには跡継ぎの子供がいいひんかったから、まぁ、昔からの縁と双方の家の合意によって、篤が五十嵐さんとこの息子となった訳やな」

と、話すのに篤が繋げる。

「まぁ、俺が向こうの養子になったのは、成人してからだしねぇ。その歳で今更向こうを本当の両親として扱うっていうのも、互いに気遣うだけでしょ？　だから、俺は向こうの両親を『お義父《とう》さん、お義母《かあ》さん』って呼んで、向こうも『篤くん』って呼んでくれてるよ。で、俺はほんまのこっちの父親を、おとんって呼んでんねん。パパでもええねんけどな」

ですよねぇパパー？　と篤が笑うと、道雄が「今初めて聞いたわ、それ」と気持ち悪がりながら笑った。

五十嵐家は、霊力持ち及びあやかし向けの防犯グッズ等の開発・販売を生業としているという。

その話を聞いて炉子は気付き、

「ほな、あの時に、篤さんが若旦那様を呼び寄せたのも……」

と訊くのに篤は胸を張り、

「そう。あれこそが、後世には必需品になるであろう、五十嵐家渾身の商品の試作品。あっという間に転移が出来る呪符やったって訳」

と、大袈裟に五十嵐家の商品を宣伝するのを、道雄が微笑ましく眺めていた。

霊力持ちの人や弱小のあやかしが、今日の炉子のように強い化け物に襲われた際、瞬時に自宅等の安全な場所に転移して逃げられる呪符型の防犯グッズを、今、五十嵐家が実用販売に向けて開発しているという。

あらかじめ本人の霊力や自宅の気配を封じた呪符を使用する仕組みの関係で、篤を挟んで春日小路家も、この呪符制作の協力・監修に名を連ねているのだった。

この話になると翔也も微かに笑い、柔らかな視線を炉子に向ける。

「試作品の呪符が出来たのは、山崎さんがうちにくる前の話やったから……。俺もすっかり忘れててん。転移の術は難しいから、実験をするのは当分先やと思ってたし、たとえやったとしても、成功するとはあんまり思ってへんかったしな……。まぁでも、図らずもその実験が成功して、山崎さんのもとに駆け付ける事が出来て、よかったわ」

炉子は嬉しさのあまり頬を薄赤くして、わずかに俯いた。

「なるほど……。春日小路家も凄ければ、五十嵐家も凄いお家なんですね……。そう簡単に実験出来ひんもんやからこそ、開発者側にいる篤さんと若旦那様のご兄弟で試作品を……」

と呟きながら思わず姿勢を正すと、

「そういう事。俺と翔也だとコミュニケーションも取りやすいし、そもそも防犯グッズとしての転移の呪符なら、家族で使うものになるだろうしね」

と、話す篤の顔は、早くも五十嵐家の立派な次期当主の顔つきだった。

篤の説明が一段落すると、今度は炉子が報告者となる番で、心斎橋の unison で聞いた話をつぶさに説明する。

樹里の境遇のあまりの哀れさに、さすがの道雄も唸っていた。

「……なるほどなぁ。中村寛治のやつ、とんでもない奴やったんやな。事実確認は必要やろうけど……。もしほんまの事やったら、なるべく早く悠真君を元気にしてあげて、樹里さんに会わしてあげたいな」

今日、初めて本宅の居間で縁談の話し合いに居合わせている篤も、分家として兄として、六年前の翔也襲撃の事件はもちろん、今日までの縁談の経緯を把握していた。

「せっかく俺もここに来たんだし……。よかったら、俺もこれから分家として、ちゃんと本腰を入れて縁談を手伝おうか？　仕事は、今はパソコンさえあれば大丈夫だし、お義父さんには俺から事情を話して、しばらくここに滞在出来るよう頼んでみるよ」

と、今までは養子に出た者として一歩退いていた立場から、真剣に協力を申し出ていた。

由良も円地も、樹里の話を聞いて何とか手を差し伸べたいと思っているらしい。最後に翔也が、

「父さん。どやろか。まずはその悠真さんの救済に、俺らが動くというのは」

と真っ直ぐ道雄に尋ねて、強い意志の瞳を見せていた。

春日小路家と中村家が今後どうなるかはまだ分からないが、いずれにせよ悠真の件を放置して縁談を進めても、樹里と翔也が上手くゆかないのは明白である。

寛治なら、悠真を海外等のより遠くへやってしまう可能性は十分考えられ、そうなる前に悠真を元通りにして樹里と再会させるのが、今回の縁談において、最も取るべき道

だった。

道雄と翔也を中心とした家族会議の末に、春日小路家の今後の方針が決まったのを、炉子は一使用人として、居間の端から見守っていた。

春日小路家の方針が決まると、悠真の現在の居場所を探したり、悠真と母親への接触のアポイントは円地が担い、実際の悠真救出、つまり悠真にかかった呪詛の解除は、現当主と次期当主である道雄と翔也が担う事になった。

篤と由良は、普段の「株式会社かすが」の業務も含めそれらの全面的なバックアップを担当し、炉子は引き続き、本宅の家事を一手に引き受けるのだった。

こうして篤も滞在するようになり、帰ってくる人間が一人増えた春日小路家の本宅は、にわかに明るく賑やかになる。炉子は篤を「五十嵐さん」と呼んで、翔也達と同様に仕えるようになった。

篤は、翔也と顔はよく似ているが、翔也に比べてよく笑い、よく喋って軽口を叩き、時折ふらっと出かけては、それが趣味なのか新京極《しんきょうごく》辺りで変な土産物を買ってきては、由良に呆れられて小言を言われていた。

しかし、篤本人は由良の小言などどこ吹く風。由良の方も、昔から仕えていた身として何だかんだいって、愉快な篤を慕っている事が、傍から見ていた炉子にも伝わった。

篤が話しかければ翔也もまた弟の顔になって、嬉しそうに応える光景が本宅でよく見られるようになる。

兄弟、そして本家と分家なだけに込み入った話題にもなり、ある日の夕食の際に篤が、

「なぁ翔也。今、こんな複雑な形でお前の縁談が進んでるけど……。お前自身は、実は誰かが好きだとか、行きつけの店の誰それがお気に入りだとか、そういうのはないのか？」

と、翔也に問いかけた時、配膳中の炉子はすっと体が強張って、咄嗟に息を潜めてしまった。

確かに、翔也はずっと家と職場に籠っている訳ではなく、出張もすれば老舗の取引相手達との商談にも出かける。それこそ昼は外食が多いので、京都の色んな店に行っているだろう。

四家の縁談相手以外の、全く別の場所に翔也の好きな人がいたら、と炉子は秘かに翔也の答えを待ったが、翔也は笑って手を横に振り、篤の言葉を打ち消した。

「そんな人、いいひんって。お店にお気に入りの子がいるのは、兄さんの方やろ」

「当然。六人はいるよ」

「減らした方がいい」

思わず、炉子も笑ってしまった。

（愛子さんやるいさん、樹里さんの事は褒めても、若旦那様の『好きな人』は、まだい

いひんのやな）

それだけが分かり、炉子は翔也の心がまだ誰のものでもないと知った嬉しさと、しかし肝心の自分は翔也とは結ばれない立場にいる切なさに、一人揺れるのだった。

歳の近い兄・篤という存在が、今の翔也にとっては、縁談をはじめ浮世の憂さを忘れさせて家族の灯をくれる、有難い存在であるらしい。

炉子は、前に石山寺の売店で購入して、今もよく読んでいる『絵本源氏物語　石山版』を思い出しては、翔也が光る君ならば篤はさだめし、光源氏の義兄でありライバルであり、そして無二の親友である頭中将《とうのちゅうじょう》だと当てはめる。

（五十嵐さんも、若旦那様のお兄さんかやら……。立場的にも似てるもんな）

考えては微笑み、炉子自身も家の仕事に励むのだった。

家の者が増えてにわかに賑やかになった春日小路家の本宅に、中村樹里から「秋の競《くら》べ馬《うま》」の案内が届いたのは、大原での役員会議が終わった翌週の事。中村寛治と御子柴栄太郎がそれぞれ道雄に、騒動についての謝罪文を出したわずか一日後だった。

それが届いた時、本宅にはちょうど道雄や円地が来ており、翔也、由良、篤、そして炉子が居間に集まって、昼食を取りつつ中村家及び悠真への今後の対応を話し合っていた。

門前で由良が郵便局員から受け取り、居間のちゃぶ台に置いた封書を皆で眺める。

封筒に箔押しされた、中村家の家紋である「鬼兜《おにかぶと》」を眺めながら炉子が、

「これはもしかして……。縁談の行事の案内ですか。やっぱり、中村家は本気で、縁談を続ける気やったんですね……」

と呟くと、由良が呆れたように溜息をついた。

「まぁ、あれだけの狸親父《たぬきおやじ》の演技で、頭を下げてましたからねぇ。普通は遠慮して、自ら縁談を辞退するものだと思いますがね。どういう行事かは知りませんが、どれだけ図太い事やら」

封書の宛名は翔也だが、縁談に関するもので現当主がこの場にいるのなら、誰が言わずとも自然に、道雄が開封して最初に読む。

一枚目、二枚目と薄い便箋《びんせん》をめくり、中の書状を全て読み終えた道雄が、やがて、珍しく忌々しそうな顔をした。

そしてその表情のまま、書状を翔也に突き出した。

「――翔也。この中村寛治とかいうお馬鹿さんを、救ったらなあかんわ」

呆れ顔の道雄から受け取って書状を読んだ翔也も、しばらくして、困ったように視線を落とす。さらに、翔也から回されて三番目に読んだ由良は憤慨し、分家の者として四番目に読んだ篤は何故か面白そうな顔をした。五番目に読んだ円地もまた、面倒な事が起こったと言わんばかりに口を一文字にしていた。

最後に、円地から案内状を回された炉子は、紅葉と馬の絵が印刷された美しい用紙に、毛筆で書かれた「秋の競べ馬　ご招待のお知らせ」の一枚目を読んでみる。

「……西日本乗妖《じょうよう》クラブ、創立二十周年記念式典・祝賀会のご案内……」

謹啓　各地における豊穣《ほうじょう》の大祭及び各地におわします神仏のご機嫌も殊の外麗しく　益々ご清栄のこととお慶び申し上げます

平素は格別のご高配を賜り　厚く御礼申し上げます

さて　来る×月×日　当「西日本乗妖クラブ」は創立二十周年を迎える運びとなりました

つきましてはこの度　その記念式典と心ばかりの小宴をご用意し　またその前座と致しまして　定例の「秋の競べ馬」の規模を広げて「西日本乗妖クラブ二十周年特別記念レース」と称して開催する運びとなりました

ご多用中誠に恐縮ではございますが　何とぞご来臨賜りますよう　謹んでご案内申し上げます

謹白

記

一　日時　令和××年×月×日　午後×時～午後×時
二　会場　京都洛南《らくなん》競馬場（京都市伏見区）

なお　当日は本状を会場受付にお示し下さるようお願い申し上げます

以上
令和××年×月吉日　西日本乗妖クラブ理事・甘露《かんろ》山花《ざんか》乾《けん》寺《じ》住職　海江《かいえ》田《だ》宗範《そうはん》

一枚目を読み終わった炉子は、思わず「んん？」と声を漏らした。

「これ、結婚式とかでよく見る、普通の招待状ですよね？　西日本乗妖クラブさんって、私、初めて知りました。……これが、中村家の縁談なんですか？　中村家の、なの字も出てませんけど……？」

首を傾げていると由良が横から、

「二枚目があるでしょう。問題はそちらです」

と言って手を伸ばし、一枚目に重なっていた薄い便箋をぺらりと剝がして、炉子に見せた。

拝啓　春日小路道雄殿

日頃の益々のご隆盛、まことにめでたき事とお慶び申し上げます
さて一枚目のご案内の通り、私・中村寛治が懇意にさせて頂いております甘露山《かんろざん》花乾寺《かけんじ》の住職・海江田《かいえだ》宗範《そうはん》様が理事のお一人であらせられ、また中村家も会員でありますす西日本乗妖クラブが創立二十周年を迎えました
この度、その記念式典及び祝賀会の前座に当たる秋の競べ馬「西日本乗妖クラブ二十周年特別記念レース」の主催を、長女・中村樹里が務める事と相成りまして、只今支度をしております（樹里もレースに出場致します）
まことに勝手ではございますが、クラブ初の京都開催ということで是非、春日小路家のご当主様にもご臨席を賜りたく、また、樹里の縁談相手である春日小路翔也様にも競べ馬へのご出走をお願いしたく、海江田様を通じてクラブ理事会にご相談申し上げ、ご快諾を賜っております
我が娘・樹里の主催という事で、この秋の競べ馬を以て春日小路家の縁談の行事とさせて頂きたく、レース内容もそのようにさせて頂ければと思いますので、どうぞご理解下さいませ
後日、海江田様よりご連絡があるかと存じます　その際は何卒、大海の潮流を乱さず進めて頂き、縁談の件は伏せて頂きますようご理解をお願い致します
どうぞ万障お繰り合わせの上、お出まし頂けますよう、よろしくお願い申し上げ

ます

株式会社海藹代表取締役社長　中村寛治

敬具

慇懃《いんぎん》な文面から遠回りに何かを感じさせる、何とも奇妙な内容だった。

ただ分かる事は、「秋の競べ馬を以て春日小路家の縁談の行事とさせて頂きたく、レース内容もそのようにさせて頂ければと思います」という文言が、明確な中村家の挑状で、秋の競べ馬にかこつけた、一挙に翔也の伴侶の座を奪える縁談の特例「付喪神同士の試合」の申し込みである事だった。

封筒に書かれた差出人は樹里、宛名は翔也だったが、中身は縁談当事者の親達である寛治から道雄へとなっている。差出人は樹里なのに、本文では樹里の署名や自筆がない。

何より、縁談の秋の行事なら中村家からの二枚目だけでよさそうなものを、西日本乗妖クラブという団体とその式典がくっついている事が、炉子には奇妙でならなかった。

西日本乗妖クラブなるものを初めて知った炉子には、この問題の全容が今一つ飲み込めない。

「これは……？　乗妖クラブさんの二十周年の秋の競べ馬を樹里さんが主催して、それが春日小路家の縁談の行事にもなっている、という事でいいんですか……？　中村家が会員やとはいうても、乗妖クラブさんと縁談は、全く関係ないですよね？」

答えを求めると、己の憤懣《ふんまん》を落ち着かせるように、由良がまた一つ大きく溜息をついた。

「それで合っていますよ。西日本乗妖クラブさんの記念レースが、我々の縁談の、樹里さん主催の秋の行事も兼ねているという事です。もっとも中身を読む限り……。今回、中村家に招かれているのは、春日小路家だけかもしれませんね。乗妖クラブさんの方は、春日小路家が中村寛治の招待で出席するとだけ思っていて、縁談の事は何も知らないと思います」

「えっ、一切知らないんですか？　それに季節の行事には、他の家も招待することになっている……はずですよね？」

「無視してるんですよ。わざと。一枚目の招待状には、縁談の『え』の字もありません。つまりは中村家が、縁談に関係のない行事の主催を請け負って、裏で勝手に、春日小路家の縁談の行事にもしているという事でしょう。現に、『大海の潮流を乱さず』という表現でもって、相手を困らせるから縁談の事は話すなと書いてあります。表向きはクラブのお祝いとして、この行事に来いという事でしょう。もちろん全ては樹里さんではなく、裏で寛治がやっている事です。縁談として異例どころか、常識外れもいいところです。親が行事に介入してはいけないという縁談の規則もあるはずなのに……。もはや、規則など知るかという意味でしょうかね。それに道雄さんの事を、『様』ではなく『殿』と呼んでいる。正式な縁談相手を気取って道雄さんを目下の者扱いしている。明らかな挑発です」

由良個人としては、道雄が様付けで書かれなかった事が一番気に入らないらしいが、中村家が、いくら自分もその会員だとはいえ、無関係である第三者の行事と縁談の行事を兼ねている方が問題である。

西日本乗妖クラブというのは、西日本とはいっても九州や山陰地方の、一部の霊力持ちだけで構成される団体だという。

「このクラブと対で、東日本乗妖クラブもあるそうです。そちらも、東日本とはいっても、東京等の首都圏の会員はおらず、北関東や東北の方々だけのようですよ」

由良の説明に、東京に住んでいる篤が、

「そうだろうね。俺も今、初めて知ったもん」

と頷き、膝に乗ってきたカワウソの式神をひょいと持ち上げて、炉子に託した。炉子は篤に小さく頭を下げて、カワウソに微笑んだ。

「カワウソちゃん。後でお菓子をあげるし、待っててね。——それにしても、乗馬じゃなくて、乗『妖』なんですね。つまり馬に乗るんじゃなくて、由良さんみたいな……」

「そうです。各々が所有する獣型のあやかしに乗って、競走や遊覧を楽しもうという同好会です。乗馬クラブの馬をそのまま化け物に置き換えるだけで、イメージ的には問題ありません。ただ、乗妖クラブにも馬に乗る会員がいるそうですよ。その人達が所有する馬もあやかしで、人語を話す本物だったり、頭だけが人間の『人面馬』だったり、翔さんや山崎さんが見た豊親さんのような、半獣半人の馬だそうですが……」

由良がそこまで知っていれば、当然、道雄も乗妖クラブについて知っており、

「今はどうか知らんけど、元々は、肥大化した化け狸とか熊、鹿の幽霊とか、行き場を失くした獣型のあやかしに居場所を与える目的で発足した団体らしいわ。会員達が乗る『獣型のあやかし』も、馬はもちろん、でかい化け猫やったり猪《いのしし》やったり、鼬《いたち》やったり、由良みたいな狐と様々らしいで。普段はあやかしに乗ってハイキングなんかをして、年に数回、有名な賀茂《かも》の競べ馬を真似て、あやかしを競走させて運勢を占う遊びをやるらしい。それが、『競べ馬』っていうクラブの定例行事らしいけど……。京都の人は誰も会員じゃないし、俺も、乗妖クラブ自体についてはその程度しか知らん。知り合いのこの人から聞くだけや」

と言って、道雄が人差し指でゆっくり叩いたのが、一枚目の案内状に書かれた「甘露山花乾寺住職　海江田宗範」という名前だった。

「役員会議のあの態度で、寛治はそのうち、縁談にプラスして俺らを困らす事をするやろな、とは思ってたけど……。まさか、海江田のお母さんを使うとはなぁ。あいつがあの人を利用すんのは、これで三度目やぞ」

道雄の言葉を聞いて、炉子は三度目という単語に気を引かれると同時に、（あ、海江田さんって、尼さんやったんや）と意外に思った。

京都では、特に商売上では年上の人を「お兄さん」「お姉さん」、または「お父さん」

「お母さん」と呼ぶ事があり、道雄がお母さんと呼んだ事から、海江田は道雄よりかなり年上の老婆《ろうば》だと察せられた。

最初に案内状を読んだ道雄が顔を歪めた理由は、その海江田という存在にあるらしい。道雄はよほど不機嫌になったのか、海江田さんに電話をすると言ってそのまま立ち上がり、翔也や由良に、炉子へ続きを説明するよう命じてから居間を出てしまった。

炉子が海江田についてすぐに問うと、翔也が丁寧に話してくれた。

「海江田さんっていうのは、福岡の住職をされてる尼さんで、父さんとは昔からの知り合いやねん。俺も詳しくは知らんねんけど、知り合いというか、昔、父さんが凄くお世話になって、そのご恩に報いるために、今でも父さんが海江田さんを大事にしてると言うた方が正しいかな。場合にもよるけど、海江田さんから竹細工の注文があったら、父さんは他の仕事を一旦後回しにして、海江田さんの方に取り掛かんねん」

海江田は、何度か会った程度の翔也も認める程、とても穏やかで包容力があり、人間とあやかしの両方から慕われている昭和十三年生まれの尼僧《にそう》だという。

先の道雄が話してくれた、乗妖クラブ発足の理由も元を辿れば海江田が提唱した事だった。にもかかわらず海江田が理事長でないのは、他の意欲的な会員に理事長の座を譲ってあげたからだった。

そんな海江田が住職を務める花乾寺というのは、福岡の光明宗小倉派大本山を名乗る名刹で、海江田は住職として、中村寛治とも知り合いだった。

「そもそも、父さんに中村寛治を紹介したんは海江田さんやねん。噂では、寛治が海江田さんを困らせるぐらいに何度も強引に頼み込んで、優しい海江田さんが折れた結果、実現したっていう話らしいけど……。いずれにせよ父さんは、面談した当時の中村寛治が霊力的に問題なかったのと、何より海江田さんの紹介やという事で、中村寛治にも竹細工を売る事にしたんや」

そうして中村家は、海江田を挟んで春日小路家の得意先となり、やがて娘を縁談に出せるようになるまでの成長を果たして今に至る……という訳だった。

これに補足して由良が、

「今回の翔さんの縁談相手に中村家が加わったのも、海江田さんのご仲介ですよ」

と言ったので、そこで炉子はようやく、道雄が言った「三度目」の意味が分かったのだった。

その背景を知ったうえで改めて案内状二枚をよく読むと、炉子にも様々な事が分かってくる。

一枚目の海江田名義となっている案内状は、本当にただの式典の招待状であり、何もおかしい点はない。おそらく海江田はクラブの理事として、同じ内容のものを招待者全員に送っているのだろう。

問題なのが二枚目であり、封筒の差出人が海江田ではなく中村家だという事を考えると、まず寛治が海江田から招待状を預かり、自分達の書状である二枚目を追加したうえで春日小路家に郵送したとみて間違いなかった。

二枚目の書状には、春日小路家の縁談の行事にすると書いてあり、付喪神同士の試合にまで発展させている。

しかも翔也の出場の話が既に、海江田やクラブの理事会にも行っているという、極めて強引な事後承諾に近い形で、春日小路家の逃げ道を塞いでいるのだった。

これはどう見ても、引っ張り出したその式典の場で、翔也を付喪神同士の試合で負かすか、あるいはそれに近い何かが待ち構えているのが、春日小路家側からすればありありと分かる。翔也と由良の強さは春のお茶会で十分証明されているので、普通に試合しただけでは勝てないと寛治も分かっているだろう。

とすれば、悪辣《あくらつ》な寛治のやる事は、おそらく秋の競べ馬という付喪神同士の試合をしたうえで何らかの策で翔也を陥れ、「強制的に樹里を娶《めと》らざるを得ない状況」にする事なのかもしれなかった。

炉子にも事の重大さがよく分かり、

「……もしかして中村社長は……。乗妖クラブという無関係の証人がいる場所で、若旦那様に……夏の時のるいさんみたいに失態を演じさせて、恥をかかそうという魂胆《こんたん》なんですか……？　そのために、レースにも出場させようとしてるんですか。それで最終的に、失態の責任を取らせる形で……若旦那様の北の方を、樹里さんにさせる気なんですか」

と訊くと由良がすぐに答えて、

「その通りです。もはや付喪神同士の試合すら、本当の目的を隠すカモフラージュでしょうね」

と言った瞬間、道雄が居間の襖《ふすま》をすぱんと開けて戻ってきた。

その音と道雄の目の鋭さに、炉子は肩をびくっと震わせる。カワウソの式神がきゅうと鳴いて、逃げるように篤の背に隠れた。

戻ってきた道雄は大股で歩いてきて、怒りを隠さずちゃぶ台の前にどかっと腰を下ろす。

「――やられたわ。やりおったわ。今、海江田さんに電話したらやっぱり、クラブの記念レースに翔也が由良に乗って出場する事になってるらしい。俺も主賓《しゅひん》として出席するんやと。もう既に理事会も承認してて、翔也の装束は注文済み。中村寛治に頼まれた海江田さんが福岡の職人さん達に頼んで、豪華なものを誂《あつら》えてる最中や。狐の由良が着ける馬装も一緒にな」

ええ⁉　と叫んだのは炉子だけでなく、由良や円地までもが声を出す。

さすがに翔也と篤は冷静だったが、それでも、驚きのあまり目を見開いていた。

「そ、それではやはり……⁉」

由良がわずかに身を乗り出し、慌てて確かめる。

「中村寛治が勝手に、道雄さんのご出席や、翔さんの出場の手筈を整えていたというのですか？　この競べ馬について、春日小路家側は何の返事もしていません。というよりは、記念式典について聞いたのすら、この招待状を以て今が初めてです。もちろん道雄さんも、今まで何もご存じなかったですよね？」

当たり前やろ式典の話かて俺も今聞いたわ、と道雄が早口で返す。

「縁談が始まってから今日までの間に、全部、寛治が裏で根回しして、事を進めてたって話やろ。招待状や装束を作って、こっちが断れへん段階になるまでな。

俺と海江田さんは、付き合いこそ長いけど京都と福岡で離れてるから、そんなに会ってる訳じゃないし……。声が似てて、人を化かすのが得意な狐か猫を雇って、海江田さんに電話させて頼めば、後は人のいい海江田さんが全部信じて理事会にも話を通して、登録から準備まで全部やってくれるって寸法や。海江田さんは、よくも悪くも人を疑わへん仏のようなお人やしな……」

衝撃で真っ青になっている由良の横から、円地も道雄に問うた。

「ほな、海江田さんとクラブの理事会は、今までも今日も、ずーっと、春日小路家がゲストとして記念式典に出席して、競べ馬にも出場すると思ったはる訳ですね。それで社長は今、事情を話して海江田住職にお断りの電話をしはったんですか」

「いや、向こうはもう、装束や馬装を注文してるって言うてたから……。何食わぬ顔で出ますって言うたよ。お母さんに嘘をつくんは心苦しかったけどな。今ここで、うちが欠席して装束や馬装がキャンセルになったら、日程的にキャンセル料は百パーセントか、キャンセル不可で買い取りになる」

もしそうなった場合、その責任や補塡《ほてん》は必ず誰かが負わなければならず、ではそれは誰かと言えば、高確率で寛治か海江田となるのだった。

「俺の欠席を咎められたら、寛治は必ず弁明して、中村家と春日小路家との間にトラブルが起きたからやと、海江田さんや理事会に吹聴して助けを求めるやろな。俺が寛治やったら——、先の役員会議で揉めた腹いせに欠席されたんやと言うて、事の真偽は構わずにとにかく問題を炎上させて、春日小路家を一気に悪者にするわ」

そこまでいけば問題はこじれにこじれ、春日小路グループの中だけでは解決できない。責任を問われるだけならまだましで、人柄のよい海江田なら、自らの失態を詫びて、買い取る事はもちろん責任をとって理事を辞任する事も十分考えられた。

道雄はそれまで黙っていた翔也に目を向けて、

「翔也。お前はどう思う」

と、話を差し向ける。

翔也も、寛治の策略について様々考えていたと思われ、

「俺もほぼ全面的に、父さんの意見に賛成や。ひとまずは、縁談や中村寛治との確執は伏せたまま、乗妖クラブの式典に出るのが最善やと思う。海江田さんやクラブは、縁談には何の関係もない。せやし出来るだけ、心の平和を保ったまま二十周年のお祝いをさせてあげたい。それで問題の、寛治が秋の競べ馬を口実に何を企んでいるかについては……。落馬事故を起こす気なんちゃうかな」

と、冷静に話すと、由良の目がこれでもかと開かれた。

「落馬って、まさか、翔さんをですか⁉」

「それもあり得るけど俺の考えとしては……樹里さんやと思う」

その言葉に、今度は炉子の背筋が凍って、目を見開き思わず叫んでいた。

「樹里さんを落馬させるんですか⁉　自分の娘を？」

「秋の競べ馬に縁談の行事をくっつけた理由は、付喪神同士の試合で事故を起こす事。俺が今考える限り、それが一番成功しやすい策やと思うねん」

寛治はレースに出場した樹里を何らかの方法で落馬させ、大怪我を負わせるつもりかもしれない、と翔也は語る。

「レース中に落馬なんてしたら、どう考えても軽傷では済まへん。そこで寛治が父親を演じて喚いて、錯乱する振りして乗妖クラブの皆の前で『うちの娘が傷物になってもうた、責任を取って娶れ』と騒ぐのは十分考えられる。そうなれば第三者が見ている以上、俺は、お嫁に行けへんような怪我をした樹里さんを娶らなあかんくなるやろうな。付喪神同士の試合で勝ってないから駄目やと突っぱねても、後日寛治がこのトラブルを言いふらして、春日小路家の名誉を貶《おとし》めると思う。つまり中村家は、付喪神同士の試合を申し込んで普通に俺に勝てればそれでよし、負けたとしても落馬事故を起こして強制的に娶らせようという算段なんや。……俺が寛治やったら、そうする」

炉子がショックで何も言えなくなる中、そんな突拍子もない事を、と篤が呟いた。

「でも、それを実行するには、樹里さんが自ら怪我を負わないと駄目だよね。ただ椅子から落ちる訳じゃあるまいし、最悪、打ち所が悪くて死ぬ可能性も……。そんなの、父親の命令とはいえ出来るもんなの？」

「やります」

篤の言葉とほぼ同時に、炉子はわずかに震えながら、自分の声を絞り出していた。

「すみません、五十嵐さん。横やりをして。でも……。樹里さんはきっと、中村社長の命令やったら、落馬でも何でもやらはると思います。悠真さんを人質にされている限り……」

悠真のためならば樹里は何でもやるだろうという事は、炉子にはもちろん、今では春日小路家の全員がよく分かっていた。

翔也の意見を聞いた道雄が「なるほどな」と頷き、ちゃぶ台の上の、寛治の書状をぱしんと叩いた。

「人質を使ったり、第三者を利用して相手を追い込むのが、寛治のやり方なんやろな。翔也の言うた計画やったら、春日小路家を貶める事と、自分の娘を次期当主の妻にして春日小路家を征服する事の両方が可能になる訳や。いずれにせよ寛治は今、自分の覇道のために春日小路家を倒して、成り上がりのさらに先へ進みたいと思とる。ハングリー精神が行き過ぎた奴は、皆こうなるんや。商売の怖いとこや」

寛治はもはや、今回を足がかりに問題をこじれにこじれさせて春日小路家の権威を失墜《しっつい》させ、春日小路家を焼け野原にさせる事だけを狙っているらしい。

そしてその焼け野原を自分のものにして土地を増やして地位も得て、自身の経済的成長に充てたいというのが、寛治の目的なのだった。

「霊力持ちの世界では、たまにそれを『商売の鬼』と呼ぶ。悪い意味の、化け物になってもうたという意味でな」

道雄の言葉を最後に、居間が、水を打ったような静けさに満ちた。

外堀を埋められた春日小路家は、もはや当日、何食わぬ顔で「乗妖クラブの記念式典」に出席するしかない。海江田や乗妖クラブに知られずに、記念式典と同時に、縁談の行事を無事やり過ごすしかなかった。

しかし、ここまできても道雄は全く寛治を恐れず、

「俺の恩人を、三回も利用するとはええ度胸しとる。寛治は、俺が罠を回避せえへんように海江田のお母さんを人質に取ってるつもりか知らんけど……。罠一つで俺を御せると思うなよ」

と宣言して、ふんと鼻を鳴らす。

翔也もまた、以前よりさらに成長したような、強い瞳を父に見せる。

「父さん。次期当主として出来る事があったら……。遠慮せず俺に命じてほしい。相手が強かさで攻撃してくるなら、俺も強かさでもって、それを完封したい」

そんな翔也を見た道雄は、おっ、といった表情になり、父だけでなく篤までもが感心した。

「ちょっと見いひんうちに、えらい当主らしくなったやんけ」

「弟こそが次期当主……。と決めた昔の俺の判断は、大正解だったな」

父と兄が揃って不敵に笑うのに、翔也は静かに微笑むだけ。

一瞬だけ、炉子はそんな翔也と目が合うが、あまり見つめるのはよくないとすぐ頭を下げて居間を辞し、カワウソのおやつを用意するために台所に立った。


こうして、中村家と春日小路家の全面戦争が明確になり、夕方、篤は何故かその闘いに意気揚々として、

「山崎さん、今日の晩御飯は景気づけにぱーっと行こうよ！　お寿司頼もう、お寿司！」

と言って寿司の出前アプリを起動している。

もちろん炉子が自分の判断だけで「はい」とは言えないので翔也を探すと、廊下を歩く翔也を見つけたはいいものの、その姿には何だか元気がなかった。

「どうされたんですか？」

炉子が訊いてみると、二階へ上がろうとしていた翔也は振り返って二秒ほど炉子を見つめた後、

「……いや、何でもない」

と言って、黙って二階の自室に行ってしまった。

炉子は最初、翔也をそっとしておくつもりで追いかけず、篤にはお寿司の件を少し待

ってもらって他の家事をしていた。

しかし、仕事が一段落するとやはり気になり、そっと二階へ上がってみる。

翔也の部屋の前に立つと、わずかに襖が開いている。申し訳ないと思いつつ中を覗いてみると、自室の机で翔也が突っ伏しており、その足元には陰陽道関係と思われる書籍が散らばっていた。

（勉強の前に一眠りして、本が机から落ちた……とか……？）

翔也にしては珍しいと思いつつ、炉子はそっと声をかけて翔也の自室に入る。

その途端、翔也の背中が大きく波打ち、

「……あぁ、山崎さんか」

と、顔を上げた翔也の表情は、明らかに深い物思いに満ちていた。

目が合った瞬間、炉子は初めて見る弱った翔也を見て些か衝撃を受けたが、何とか自らを落ち着かせ、

「……眠ってらしたんですか」

と、なるべく翔也を刺激しないように尋ねると、

「うん。まぁ」

と、こちらもまた相手を刺激させないような、探るような返事が返ってくる。

ひとまず、炉子は篤の夕飯の要望を告げ、翔也から寿司の出前の許可を得た後で、翔也の机に歩み寄った。

「落ちた本、拾っておきますね。やっぱり、次期当主ともなると、沢山勉強されて凄いですね」

努めて笑顔で、何気ない日常の一コマで終わらそうと炉子が両膝をついて本を拾う間も、翔也はずっと机の前に座って炉子を見下ろしたまま。

拾い終えた炉子が、本を机に置こうと顔を上げた瞬間、すっと翔也が動いたと思うと手が伸びており、気付けば炉子は、翔也にそっと引き倒されるように、求められるように、座する翔也の腿にもたれかかっていた。

「わ、若旦那様……⁉」

翔也の太腿と炉子の頬とがぴったりくっつき、衝撃と嬉しさのあまりに、炉子の胸の動悸《どうき》が速まる。

自分ではなく翔也の方から、それもやや強引に触れてきた事に、炉子はただただ混乱するばかり。以前の大原の時のように、翔也の香りが自身の理性を甘く崩してゆくのを必死に律するしかなかった。

「あ、あの、どうされたんですか……。本を……。本を、置かないと……」

「うん」

翔也は所在なげに答えるだけで、炉子を引き寄せる手をわずかに強めた。

炉子の顔は既に真っ赤であり、炉子が自らその手を押し戻そうと動きかけた時、自分の肩を引き寄せる翔也の手が、微かに震えている事に気がついた。

考えてみると、翔也は机で頭を抱えていたのであり、本が落ちたのも自然の成り行きではなく、翔也が払い落としたのだと思えてくる。

何かあったのだと、炉子はようやく冷静になった。

こんな翔也は今まで見た事がなく、

「若旦那様。今すぐ由良さんを呼んできます。少し待ってて下さい」

と炉子が離れようとすると、不思議な事に翔也は炉子を離さなかった。

「若旦那様。大丈夫です。何なら、ご迷惑でなければ、今ここで大声を出して由良さん達を呼ぶ事も……」

「違う。そうじゃない。由良や兄さんを呼ぶ必要はない」

というか今は、呼ばんといてくれ……。

弱々しく告げられた言葉に炉子は大きく目を見開き、とにかく自分自身を落ち着かせて、静かに真っ直ぐに、翔也を見上げた。

「……何か、あったのですか。もしかして……。ご記憶に関する事ですか」

小さく頷く翔也に、炉子はやはりそうかと口をきゅっと閉じ、

「ひとまずは……。お体に異常はありませんか。私でよければ、何でもおっしゃって下さい」

と優しく問うと、

「いや、大丈夫。体調は問題ない……。ありがとう……」

という言葉が降ってきて、翔也もようやく、少しだけ落ち着いたらしかった。

由良や篤は今、二階で何が起こっているかも知らずにテレビを見たり、パソコンで仕事をしているだろう。

一つ屋根の下でも、誰も呼べない異常事態。そんな状況でも冷静になれている自分を、炉子は心の片隅で、

（私も随分成長したな）

と思うと同時に、今の自分が翔也以外見えなくなっている事に気付き、

（やっぱり私は、春日小路家が好きなんじゃなくて、他でもないこの人が好きなんや……）

と、自覚せざるを得なかった。

まだ混乱は尽きないが、普段はあんなにも冷静で凜々しいのに、今は自分を頼っている翔也を見れば自然と奮い立つ。

翔也が落ち着いたのを見計らってもう一度、

「何があったのか、お話し頂けますか」

と促すと、翔也が静かに目を閉じて息を細く吐き、やがて話してくれた。

「何か……。全部に……疲れてな……」

大原で一度、疲れきった翔也に接した事がある炉子には、その言葉の意味がよく分かる。

「……中村家の秋の行事、とんでもないですもんね……」

「……そうやろ。山崎さんかって、そう思うやんな……」

傷だらけの樹里が縁談を続けて挑んでくる事と、それを自分が迎え撃たなければならない事に、翔也は心を痛めているのだろう。

「大丈夫ですよ。春日小路家の皆さんがいらっしゃいますから」

炉子が慰めると、不思議な事に翔也はさらに表情を暗くして、顔を上げて襖を見つめる。

誰も来ないのを確かめてから、小さく口を開いたのだった。

「――山崎さんは、六年間に俺と出会った夜の事を、覚えてるって、言うてたな」

「はい。それが、どうされたんですか……？　もしかして、何かご記憶を……？」

「……山崎さんは、六年前の俺と別れた時の事を、覚えてるか？」

「え？　はい、もちろん……。当時の若旦那様が慌てて、周囲を警戒しながらその場を離れて……」

「そのまま、俺は、走り去って行ったんか？」

「はい。……あっ、いえ……。厳密には、走り去った後で……突然……。……あっ……!?」

翔也が、辛そうに静かに頷いた。

それまで、炉子さえも翔也の出会いの記憶に埋もれて忘れていたが、六年前のあの夜、翔也は炉子と別れて走り去った後、「瞬間移動のように」姿を消して、いなくなったのである。

それは、今思えば試作品の、転移の呪符によるものと考えて何ら差し障りない。恐らく実際に、ここ数日篤と過ごした事で、翔也は記憶を断片的に思い出したのだろう。

自らの襲撃に篤が関与していると翔也が疑ってしまうのは、極めて自然な事だった。ましてや陰謀だらけの、中村家の秋の行事に接している今の状況ならば、尚更だった。

「……困ったなぁ。俺まで、家族を敵に回すような事をするなんてな」

転移の呪符一つで、篤を疑うのは早計である。

それは翔也本人も分かっているのだろうが、どうにもならない己の心に溜息をつき、傷付いた子供のように微笑む翔也を見て、炉子は静かに目を伏せた。

（……今、あなたはしんどくて、辛いんですね。心から……）

炉子は迷わず自ら手を伸ばし、座っている翔也の爪先と、自分が頬を寄せている腿にそっと触れる。

いつもならば自分の職務を顧みて距離を取るだろうが、今は、翔也に心から寄り添う事以外、炉子の頭にはなかった。

（一人ぼっちの寂しさは、私もよく分かる。ましてや、今の若旦那様は、縁談であれだけ強かに闘ってるのに、お兄さんさえも疑ってしまうようになったら……）

大原の時以上の疲労を飛び越えて、いつか翔也自身が壊れてしまうだろう。壊れる寸前だった六年前の自分を救ってくれた翔也を、今助けずにいつ助けるのだろう。炉子の全身全霊がわなないていた。

今、余裕がない翔也の代わりに、炉子が努めて冷静になって息を吸い、今までの事を思い出しながら、考えをまとめる。

「──翔也君」

後でどんなに咎められてもいいと覚悟して、炉子は翔也の名前を呼んだ。

気付けば、いつの間にか炉子の手を握っていた翔也も、一瞬だけ自分の名前を呼ばれた事に驚いたものの、炉子の覚悟と勇気に気付いたのか、縋るような目で炉子を見下ろしていた。

「翔也君」

「うん」

「これは、私の推測やから、断言は出来ひんけど……」

「うん……」

「六年前に、翔也君を襲った犯人は……。お兄さんはもちろん、春日小路家の人ではないと思う」

「……俺も、そう思いたいんやけど……」

「もちろん、私もそう思ってるよ。でも、これは、ただの感情だけで、言うてる訳じゃない。私が社長と雇用契約を結んで、ここで仕事をするようになって、今日まで過ごした事を振り返ると……。一従業員の私の目から見ても、社長や由良さん、もっと言うと円地さんにも、翔也君を傷付けるチャンスなんていくらでもあったはず。どんな目的があるにせよ、家族っていう一番近い位置にありながら、六年経った今でも何もしないなんて、私には考えられへん。犯人じゃない事以外には」

「……」

「それに、私も一瞬だけ、六年前に翔也君が消えたのは転移の呪符のせいやと思ったけど……。それだってまだ、分からへんよね？　六年前に転移の呪符が完成してるんやったら、それこそ篤さんは、もっと早く翔也君を転移させて、もう一度襲ってると思わへん？」

「それは、確かにな……」

「そやろ……？　もっと言うたら、もし私が襲撃の犯人やったら……。大阪駅の時に、事件のどさくさに紛れて翔也君の事をやっちゃってるよ」

少しでも翔也を励まそうと、炉子は最後だけわざと、軽めに言ってみる。

すると炉子の気持ちが伝わったのか、見下ろしている翔也の瞳がほんの僅かに開かれ、やがて、穏やかな光が射し始めた。

「……そうやな。あの時の俺は、完全に兄さんに背を向けて、背中から飛んで痛めてたから……。それに場所は大阪で、春日小路家に関係ない人達ばかりやったら、襲うんやったら、これ以上の機会はないわな」

「そう……！　そうやろ？　そんなチャンスを、みすみす逃す犯人がいると思う？」

「いや、俺には考えられへん」

「そやろ？　やから私、翔也君を襲った犯人は、もっと別のところにいると思うねん。……断言は、出来ひんけど。ごめんな、頼りない推測で」

「大丈夫」

そう答える翔也の顔は、冷静さを取り戻しており、

「状況一つで家族を疑うのは、あまりにも早計やった。やっぱり、今までの経緯的にも縁談相手の中に犯人がいる可能性が一番高いし、引き続き、様子を見ていく事にするわ」

と、答えてようやく笑顔を見せた翔也に、炉子は顔をくしゃりと崩して、思わず目に涙を溜めていた。

「何で、山崎さんが泣いてんねん」

「だって、嬉しくて」

炉子を見た翔也は一層微笑み、炉子の顔をそっと上に向かせて、前髪を撫でる。

「その涙は、事件も縁談も、全部終わった後まで取っといてくれ。俺もほんまは、さっき、『炉子さん』って呼ぼうと思ったんやけど……。約束やしな。全部の記憶が戻った時にって。まぁ、咄嗟に一回、炉子って呼んでもうたけど。……ええやろ？」

と炉子に囁くと、炉子はその時の事を思い出して顔を真っ赤にし、こくこくと頷いたのだった。

「……山崎さん。まだ真相は分からへんけど……。少なくとも、家族を過剰に疑う気持ちはなくなった。俺の元気を取り戻してくれて、ほんまにありがとう。まるで、辛い冬

の中で咲いた、梅の花みたいやった」

「若旦那様……。私こそ、お力になれてよかったです。梅の花と言って下さって、ありがとうございます。嬉しいです」

梅の花で思い出した炉子は、懐にいつも入れている巾着を出して、中のネックレスを翔也に差し出す。

「母さんのネックレスが、どうしたんや？」

「今は、若旦那様が持っていた方が、いいかと思いまして。お借りしている私が言うのも変ですけど、ぜひ、若旦那様がお持ち下さい。きっとお母様が、若旦那様に元気を下さいますよ」

珠美のネックレスを渡す事は、つまり無条件に相手に寄り添いたいという証。

炉子の気持ちに気付いた翔也が、この上なく安心したような、嬉しそうな顔を見せた。

「ありがとう。それだけでもう、元気出たわ。やからそれは、引き続き山崎さんが持ってたらええで」

くすりと笑う翔也の美しさは、他のどんな見目麗しい貴公子とて敵わない程で、見上げる炉子の瞳が恋に輝き、頬が再び赤くなる。

結局受け取ってはもらえなかったが、翔也はすっかり元気になり、寡黙でも穏やかな「光る君」に戻っていた。

「山崎さん。ありがとう」

「はい」

六年前と今が溶けあって前に進んだような、二人の距離の心地よさに、炉子も翔也も浸る。互いに次期当主と使用人に戻らねばと分かっているのに、もう少し、あと少しと、互いに願っている事に、炉子はとうとう気付いてしまった。

（……もしかして……？　若旦那様……翔也君も……。もしかして……）

しかし、そんな二人を現実に引き戻したのは、いつの間に来ていたのか襖を開けた篤の鋭い声であり、

「――何してるの？」

と、仁王立ち《におうだ》ちになって炉子を見下ろす冷徹な視線に、炉子も翔也もはっと気付いて、飛び退くように体を離した。

傍から見れば、座った翔也の腿にもたれかかるように侍る《はべ》る炉子というのは、どう考えても縁談中の跡取りと使用人の一線を越えており、篤の視線は案の定、疑念をいっぱいにして炉子に注がれている。

「下りて来るのが遅いから、どうしたのかと思ったら……。山崎さんって、ここの使用人じゃなかったっけ？」

冷たい篤の口調に炉子は言い訳のしようもなく、もとより覚悟を決めていた事として、静かに両手をついてその場に伏せる。

「申し訳ございません。出過ぎた真似をしてしまいました」

「だろうね。翔也が今、縁談中の身って分かってるはずだよね」

「はい」

「分かっていながら、何で翔也に手を出したの？」

詰問する篤の表情は冷酷で恐ろしかったが、同時に、兄として翔也を守ろうとしているがゆえに、炉子に疑念の目を向けているのだと伝わってくる。

それは炉子だけでなく翔也も感じ取ったようで、

「兄さん、待ってほしい。山崎さんは悪くない。一線を越えたのは俺や。俺が縁談の事で色々悩んで、それでつい、山崎さんに触れてしもたんや。迷惑をかけて申し訳ない」

と篤に伝えて詫びると、篤が目を細めて、

「つい？」

と、呆れたような溜息をついた。

「ついって。お前、縁談中の身だろ。確かに昔と違って自由恋愛の時代ではあるけど、縁談相手に失礼だとは思わないのか」

「弁解の余地もない。反省してる」

翔也はひたすら猛省し、炉子も決して頭を上げずに詫び続ける。

そんな二人の素直さが篤にも伝わったのか、もとより篤は、炉子達をそれほど糾弾する気はなかったらしい。

「ま……。人の心なんて、どうにも出来ない時があるだろうしね。縁談だって、翔也が望んで始めたものじゃないし……。とにかく今後は気を付けなよ。特に山崎さん。経緯はどうあれ、ああいうところを人に見られたら、住み込みの使用人という立場上、職権濫用と見られても文句は言えないよ」

「はい。本当に申し訳ございませんでした」

「分かったら頼むよ。――じゃ、俺は先に下りとくから。あ、山崎さん。お寿司の件どうなった？」

「あ、はい。あの……。若旦那様も、問題ないそうです」

「翔也。俺がアプリで注文していい？」

「ええよ。けど、兄さんが好きなもんばっかり頼まんといてや」

「はいはい。りょうかーい。……翔也はまぐろとはまちと、しめ鯖《さば》が好きだったな。それらを多めに頼んで奢《おご》ってやるから、ちゃんと食って元気出せよ」

　六年前の、炉子と翔也の関わりについては篤も知っているので、先程の叱責は、炉子達が特別な絆を持っていると知ったうえでのものらしい。

　炉子達を叱り、許し、それでも二人を残して先に下りる篤の背中は、弟を案じる兄、そして本家を支えようとする分家の者としての誠実な姿だった。

　閉じられた襖を翔也はじっと見て、

「……俺、あのまま兄さんを疑わんで、ほんまによかったわ」

　と呟くのに合わせて、炉子も静かに頷いた。

第五章 中村樹里と秋の競べ馬（後編）

秋になると、京都の町はようやく暑さがおさまって、豊穣への感謝の気持ちが高まってくる。ある者は千年の美しい紅葉の景色を名刹と共に、またある者は千年の美味や古典芸能を味わおうと、沢山の観光客が入洛《にゅうらく》するのにつれて、町はどこもかしこも賑やかになって洗練される。

特に観光地に代表されるのは清水寺《きよみずでら》や永観堂《えいかんどう》で、京都の人は千年の昔から、そういった名所に触れると同時に神仏にも触れるからこそ、後の厳しい冬にも耐えられるのだろう。

春日小路家と中村家の全面戦争が決まったからには、向こうの手駒を減らす意味でも一刻も早く悠真の呪詛を取り除き、樹里達と再会させる必要がある。

悠真の救出計画は現当主・道雄の采配によって進められ、悠真に取り憑いているのが強い呪詛ならば、それを解くのもまた、呪詛とは紙一重の祓《はら》いの儀式しかないと決まった。

道雄自ら悠真の母親や代理人と面会を重ね、慎重に言葉を選んで話を通して、儀式の手筈を整えていた。

陰陽師の家である春日小路家には、先祖代々の独自の清めや祓いの儀式が伝わってお り、そのうちのいくつかは竹細工の制作の工程に組み込まれて、現在も道雄や翔也が行っている。

中には、完全に陰陽師の除霊とも思えるような、邸宅一軒を丸々使用した大掛かりなものも伝わっており、春日小路家の秘伝の儀式「籠目」は、現当主しか行ってはならない代わりに、抜群の効果があるとされていた。道雄がこの儀式を行ったのは過去に二回だけで、廃村や山の悪霊が取り憑いた竹を素材として竹細工を作るという、どちらも難しい注文の時だったという。

今回道雄は、三回目となるその籠目の儀式を、悠真に施すと決めた。しかし、母親の親心が変質した手強い呪詛を相手にすることになるので、儀式の日取りは、占いで最も運勢のよき日を選び、母親も京都に来てもらって、道雄が今住んでいる春日小路家の別宅で行うという徹底ぶりだった。

その際に、占いで出した日取りが何の思《おぼ》し召しか乗妖クラブの式典当日と重なったため、道雄は悠真の儀式か式典への出席か、どちらかを取らざるを得なくなる。

しかし、ここで役立ったのが篤の存在であり、道雄はただちに自分の代わりに篤を式典に出席させると決め、海江田に幾重にも詫びつつ篤の代理出席を申し出たのだった。

もとより優しい海江田はこれを快諾し、その口添えもあって、理事会にも正式に受理される。乗妖クラブ側としても、現当主の欠席は残念だが、次期当主が競べ馬に出て長男も来るなら身分に遜色《そんしょく》なし、会場もかえって華やかになろう、と満足してくれたという。

この代理出席の手配を、道雄は中村家には一切知らせず進めたが、寛治が海江田を介して根回ししたならこちらも同じ事を行うまで、事後承諾となっても寛治は何も言えないはずだと踏んでの、道雄の見事な采配だった。

悠真が母親と共に、円地の手配で京都のホテルに秘かに滞在するようになり、乗妖クラブの式典と儀式の日が近づいたある日。

炉子がお茶を淹れて翔也と篤に出していると、沢山の書類を抱えた由良が、傍目でも分かるウキウキ気分で居間にやってきた。

「いやぁ、こんなに血沸《ちわ》き肉躍《にくおど》るのは久し振りです！　道雄さんが現当主として！　正装して本気の儀式を行われるのですから！　あっ、翔さんに篤さん、ご安心下さいね。道雄さんの籠目の儀式の準備は、道雄さん御自らのお指図のもと、この私が責任を持って！　進めさせて頂いてますから！」

上機嫌で由良はちゃぶ台に書類を広げて、

「こちらは、儀式で使用する物品の発注書や、雅楽《ががく》の演奏をお願いする方々のリストです。もしよろしければ、ご覧になりますか。特に翔さんは次期当主なのですから、ご意見を伺いたいです」

春日小路家の秘伝・籠目の儀式は、その実態がほとんど陰陽師の祭祀《さいし》そのままなので、主催者たる道雄が狩衣《かりぎぬ》をまとって祭文を読むのはもちろん、生花や香も含めた立派な祭壇を設けて雅楽も現役の楽人《がくにん》を招いて用意し、神社の例祭にも劣らぬ豪華さで、厳粛《げんしゅく》に執り行うらしい。

炉子も一緒に由良の持ってきたリストを見せてもらうと、供物や生花の発注先は京都の有名な店が多く、使用する道具類の発注先には、神具店の松尾家も含まれている。祭祀には欠かせないという、雅楽を演奏してもらう霊力持ちの楽人達は、京都だけでなく奈良や滋賀、大阪、果ては明石《あかし》の者と多岐にわたっていた。

翔也はもちろん、篤も春日小路家の儀式を心得てはいるが、分家なので一歩引いて、

「立場的にも、俺からの意見は何もないよ」

と軽く手を振る。

その横で、翔也は全ての書類に目を通した後、

「基本的には現当主の意向に従うでええと思うけど……。確か儀式を行う場所は、父さんが今住んでる別宅やったな？　新町《しんまち》の。せやったら、その近くに生け花の先生が住んでるはずやから、差し支えなかったら、供物のお花のご指導を仰いだらどやろか」

と、丁寧に意見を出していた。

その時の伏し目がちな思慮深い横顔は、炉子が思わず目を逸らしてしまう程の麗しさで、素直に惹かれたらしい篤のカワウソの式神は、無邪気に可愛い鳴き声を出して翔也

の腕に飛びつく。

「こら。俺は兄さんと違うで。服に爪を立てんといてくれ」

気軽に笑って、カワウソを畳に下ろす仕草さえも美しく、ときめきに胸を締め付けられて急いで台所に立ち去る炉子の姿を、篤が穏やかに見届けていた。

ひとしきり翔也の意見を聞いた由良は、うんうんと頷いて万年筆で手帳に書き込んでいる。

「――分かりました。これらを道雄さんにお伝えしてご判断を伺ってきますね。ありがとうございます。やはり次期当主となると、目の付け所が違いますね」

「おむつの頃から世話してもらった由良に言われると、何か変な感じやなぁ」

「何をおっしゃいますやら」

自分の主が秘伝の祭祀を行い、その跡継ぎたる息子も不足ない才覚を見せた事で、由良はもう満面の笑みである。

「あぁー、楽しみだなぁーっ！　道雄さんの陰陽師としての儀式！　お道具は勿論、お召し物も松尾さんのところにお任せしてありますが、時間があるなら津々浦々、全国の店を集めて一番よいものを選びたいものですねぇ！　全く時間のない身が恨めしい。あ、翔さん。翔さんの競べ馬での装束も見たいとは思っておりましたが……。そちらを見られないのは残念です」

その途端、翔也も篤も、そして炉子も「え？」といった表情になり、

「何ですか？」

　と、尋ねる由良に篤が、

「いや、何ですかも何も……。由良だって行くだろ？　乗妖クラブの式典の方に。というか、レースに出るには狐の由良が必要なんだから、一番、そっちにいなきゃ駄目な奴だろうに」

　と指摘した瞬間、由良の顔が固まって、手から書類がばさりと落ちた。

「そう……でした……。すると私は……!?　道雄さんの儀式をお手伝い出来ない……!?」

「まぁ、そうだねぇ？　っていうか、最初からそういう話のはずだったろ？　何しれっと自分のポジション変えてんのさ」

「道雄さんの……狩衣のお姿も、儀式も、拝する事が出来ない……!?」

「うんそうだよ？　ま、儀式には松尾家が同席してくれる事になってるし、おとんの身辺警護については大丈夫でしょ」

「何っ……と言う事だーっ!?　あぁあーっ！　道雄さんの大舞台が見られないなんてぇーっ!?」

　事実におののき、頭を抱えておいおいと悲しむ由良に、炉子はすっかり引いてしまってお茶を出す気になれない。

　その時ちょうど、居間で遊んでいたカワウソが興味深そうに由良に近づいてきたので、由良は気配に気付いてカッと目を見開き、見つめられたカワウソが身を固めた。

「キュッ……⁉」

「そ、そうか……⁉　よく考えれば、あなたも四本足の獣……！　おい貴様！　今すぐ巨大化して翔さんを乗せられるようになれっ！　そうすれば私は道雄さんの儀式に同席出来る！　道雄さんの凛々しい陰陽師のお姿など、そう毎度拝せるものではない……っ！　さぁ今すぐ！　今すぐ大きくなるんだ頑張れ！　お前なら出来る！　さぁ‼　私の為に‼」

カワウソの目線に合わせて、四つん這いに迫る由良のあまりの形相に、カワウソがぶるぶる震えだす。

篤ではなく炉子が真っ先にカワウソを抱き上げて、言葉で由良をシャットアウトした。

「由良さん！　駄目です！　カワウソちゃんが可哀想じゃないですか！」

「しかし、カワウソも四本足……」

「由良さんって決まってるんですから！　諦めて下さい！」

「うおぉーっ！　おのれぇーっ！」

由良は再び嘆き悲しみ、カワウソが悲痛な鳴き声を上げて、炉子の腕を飛び出して近くにいた翔也に縋る。

「あぁ、可哀想になぁ。怖かったなぁ」

翔也がゆっくり撫でてやる横で、篤は迅速にも道雄に連絡し、スピーカーのボタンを押していた。

「ほーれ、由良。おとんから」

「道雄さんのお電話っ⁉」

がばっと起き上がった由良の前に突き出された篤のスマートフォンから、「おーい、由良ー」という道雄ののんびりした声がする。

「確かに、お前が儀式に一緒にいてくれへんのは残念やけど、当日は競べ馬の方で頑張ってくれ。競べ馬はお前にしか出来ひん事やし、息子達の身を預けられるのは、お前しかいいひんしな。お前は俺の看板や。悠真君の呪詛が取れたら、すぐに悠真君を連れて俺もそっちに向かうから、頼んだで。あ、それとお前の、競べ馬での優勝も楽しみにしてるわ」

さすがは由良の主である。道雄のその激励一つで由良はあっという間に元気になり、

「お任せ下さい。菊花賞もかくやという姿をお見せしましょう」

と言って、眉まできりっとさせていた。

電話を切った後は、それまでの悲嘆はどこへやら。由良は儀式の準備と競べ馬の準備の両方に精を出し、翔也も篤も、自分の仕事と並行して、各々その日に備えていた。

炉子も、本宅の仕事をこなしながら七条の工房を手伝った。最終的には炉子も手伝いとして翔也達に同行すると決まったので、以前と同様、自分の着付けとヘアセットを「Kyoto Hisyo」の弓場《ゆば》さんと矢口《やぐち》さんにお願いした。

いよいよ儀式と式典を翌日に控えた夜。炉子は居間で翔也から小箱を渡され、

「山崎さんは、明日は着物で出席するやろ。これ、あげるわ。新商品の試作品なんやけど」

と言われたので開けてみると、中には、竹筒を割ったような小さな土台に金工による狐の小像が取り付けられた、見事な帯留めがあった。

翔也の手作りだという。炉子はもちろん、横から覗き込んだ篤や由良も、おぉと声を上げて出来栄《できば》えのよさに感心した。

「ご立派ですね。翔さんはまた一層、竹細工の腕を上げられましたね」

「帯留めは宝石のイメージがあったけど……。竹と金属っていうのが、また渋くていいねぇ。誰が見ても職人の一点物と分かるから、かえって粋だよ。よかったね、山崎さん。光る君からの褒美だよ。大事にしなよ」

「は、はい！」

よく見れば、竹の土台の部分には、小さく梅の花の絵が描かれている。そこから一番、翔也の想いが伝わって、それだけで炉子は幸せいっぱいだった。

「若旦那様、本当にありがとうございます！　明日はぜひ、こちらを着用して同行させて頂きます！」

畳に手をついて礼を言うと、翔也も嬉しそうに微笑んでくれた。

当日は見事に晴れて明るく、京都市伏見区・淀《よど》の地は、遠くまで見渡せるような澄んだ空気に満ちている。

宇治川《うじがわ》と京阪電鉄淀駅に挟まれた場所に戦前から建つ京都洛南競馬場は、春の天皇賞や菊花賞をはじめ多くの競馬レースが行われる場所として知られており、とある名馬が勝利した菊花賞では、興奮した実況者が淀駅と馬主である演歌歌手の代表曲を組み合わせて、

「祭だ、淀は祭だ」

と叫んだという。

この場所で、西日本乗妖クラブ二十周年記念式典の前座イベント「秋の競べ馬」が行われ、建物内では、寛治が手配した軽食やドリンクが振る舞われるという。レース終了後はあやかしも含めて全員が移動し、京都駅近郊のホテルの宴会場で、記念パーティーが開かれるのだった。

当然の如く、翔也、由良、篤、炉子はその全てに出席する事になっており、午前中に、円地の運転する車で京都洛南競馬場に向かった。

戦後初のクラシック三冠馬・シンザンに由来する「三冠ゲート」という出入り口付近で、スーツ姿の由良と篤に、紋付羽織の翔也、最後に、付け下げをまとって翔也から貰った帯留めを着けた炉子が車を下りると、運転席から円地が手を振ってくれた。

「ほな皆さん、頑張って下さいね。私はこれから新町の別宅に向かって、社長らと合流

します。多分もう、籠目の儀式が始まってます。悠真君のお母様は、まだだいぶ緊張されてたので、パニックを起こさないか心配ですが……。社長だけじゃなくて、松尾家もいるから大丈夫でしょう。翔也君達は、何かあったら僕に電話して……」

と言いかけて、

「あぁ、じゃなかったですね。今日はこれを使うんでしたね」

と、鞄から出して炉子に渡したのは、翔也、篤、そして炉子が使うものだという三人分の呪符だった。

「その三つと僕が持ってる計四枚に、僕の霊力が封じ込まれてます。服の裏に貼っておくと、四枚それぞれの音声や周りの音が聞こえるよう、社長に作ってもらいました。今日はこれで繋がる状態にしますので、邪魔や言うて剝がさんといて下さいね」

受け取った炉子達が頷いて、ジャケットの裏や着物の袖の内側に貼ると、円地の車が競馬場から走り去る。

少し経ってから、こちらの到着に気付いたのか、見知らぬ中年男性が競馬場内から小走りで来て、

「春日小路様ですか？　あぁ、ようこそおいで下さいました！　私は西日本乗妖クラブの会員の横山《よこやま》といいます。競馬場は中が広いですからご案内しますね。ゴールサイドの建物の中で、海江田もお待ちしてますよ」

と、二十周年の晴れがましさそのままの、爽やかな笑顔で出迎えてくれた。

京都洛南競馬場は、ここに初めて来た炉子の予想を遥かに上回る広大さで、建物の向こうに見えるレースコースの外周は最長約二キロ。これは、二条城の外周とほぼ同じだという。

それに加えて、ゴールサイド、ステーションサイドの建物や、競走馬の下見所であるパドック、子供が遊べる陽だまり広場や緑の広場などを合わせると、もはや大学のキャンパスをも凌駕する一つの街のようだった。

近年リニューアルし、美しく洗練された建物や通路を、炉子は溜息と共に見回す。

横山の先導で春日小路家一行がゴールサイドの建物に入ると、入り口すぐのインフォメーションの傍で、既に海江田が待っていた。

「まぁ、翔也君に篤君。ご立派になって！　会うのは何年振りかしら……。ご無沙汰しております。今日は来て下さってありがとう」

尼僧姿で、杖をついて介添え人の支えも借りている海江田は、身体こそ老いのせいで弱くなっているらしいが、気持ちは若々しさいっぱいである。

お辞儀をし、弾けるような海江田の笑顔の歓迎に、翔也も篤も如才《じょさい》なく挨拶した。

「海江田さん、お久し振りです。お元気そうで何よりです。この度はまことにおめでとうございます」

「分家の私まで出席させて頂いて光栄です。私共兄弟の父が、『お母さんによろしく』と申しておりました」

「はいはい、よく分かりましたとも。道雄君も、元気にお仕事を頑張っているのね。お忙しいのはご隆盛の証。会えないのは残念だけど、そう思えば私も嬉しいわ」

　海江田は祖母のように優しく頷いて、由良と炉子にも声をかけてくれた。

　そのうち、どこからともなく他の会員達も集まって、すっかり一団が出来上がる。

　普通のスーツ姿の会員達の他に、熊とも見間違えるような、太った大きな化け猫を連れている紋付袴の会員や、人間に化けて角を生やした牛と一緒に山高帽《やまたかぼう》を被ったお洒落な会員、競べ馬に対して気合十分なのか、早くも縹《はなだ》色の袍《ほう》や冠を着用した競べ馬の装束姿の会員など、それぞれがにこやかに挨拶し合い、今日と言う日を寿いでいた。

　その様子はまさに和洋折衷、錦絵のような華やかさを極めている。インフォメーションの前はすっかり、見るだけでも妖しさが漂う、しかし典雅な雰囲気に包まれていた。

　そんな中、蹄《ひづめ》らしき音がして炉子達がはっと振り向くと、ベージュのスーツを着た寛治と、直垂《ひたたれ》に折烏帽子《おりえぼし》、太刀《たち》の代わりに丸めた鞭を佩《は》いて男装した樹里、下半身は鹿とは思えぬほどの隆々とした逞しさを持つ牡鹿の肉体に、上半身は鎧《よろい》に身を包んだ古強者《ふるつわもの》の豊親が、威風堂々こちらへ来ていた。

（樹里さん……！）

　対戦相手との邂逅に、炉子達の体がわずかに強張る。何も知らない会員達が、次々に中村家の立派さを褒めた。

「どうも、中村さん。この度はお支度を全部お任せしてすみませんでしたねえ。本当にありがとうございます」

「こちらは、今日の競べ馬に出場されるお嬢様ですか。いやぁ素晴らしい」

「さすが、海藤の娘さんとなると、付喪神もお強そうですなぁ。下半身なんか、ほれ、ここ。尻がよく張って、まるでダービー馬みたいじゃないですか」

春日小路家との確執や自らの悪事を仮面の裏に隠して、寛治は、人懐っこい笑顔で海江田をはじめ会員達に挨拶し、「いやぁ、どうもどうも。ありがとうございます」とペコペコ頭を下げている。

豊親も、己の持つ事情は他人に見せず落ち着き払っており、自身をダービー馬のようだと称えた会員に対して、

「恐縮でございます。気の入れようでは競走馬のように走る事も出来ましょう。是非とも、我が雄姿をお楽しみ頂ければと思うております」

と言って、余裕さを見せていた。

そんな二人に挟まれて、樹里だけが凛々しい瞳でもどこか虚無感を漂わせて、会員達にも言葉短く挨拶するだけ。

ただ、樹里の本当の両親の墓を管理しているという海江田にだけは、

「樹里ちゃん。今日は来てくれてありがとう。競べ馬も、肩肘張らずに頑張ってね。その直垂も、凄く似合っていて格好いいわ。うちの墓地から、きっとあなたのお父様やお母様も褒めてらしてるわ」

と言われると顔つきが柔らかくなり、

「……はい。ありがとうございます……」

と、ほんの少しだけ、その瞳が濡れた気がした。

やがて樹里と豊親が視線を変えて、会員達に紛れた春日小路家と炉子を見る。

見返した炉子達も上手く言葉をかけられず立ち止まっていると、寛治が大袈裟な声を出して、

「いやぁ、いやぁ、春日小路さん！　この度はご出席下さり本当にありがとうございました」

と、翔也に近づいて素早く両手を出したので、翔也もこれにすぐ応えざるを得なかった。

はっと息を飲んだ炉子達の警戒に反して、両者の相対はただの握手で終わる。

しかし、役員会議を経た立場から言えば気軽に握手なぞ言語道断、と明らかに由良は顔をしかめた。

翔也本人は、海江田をはじめ霊力持ちの会員が数多いる中で、何かを仕掛ける可能性は低いと見越したうえで握手に乗ったらしい。寛治に微笑むと同時に、逆にしっかり握り返して何かを確かめていた。

先に手を離した寛治が照れ臭そうに、

「ありがとうございます。こんなジジイに心の籠った握手を……。働き過ぎで荒れ放題

の、ガサガサした手でしたよねぇ」

とあえて自虐めいた事を言ったので、

「いえ、とんでもない。汚れ一つないお綺麗な手でしたよ」

と、翔也が暗に、術などを仕掛けていないか確かめた、と告げた。

またそれを察した寛治も、

「ご子息は嬉しい事をおっしゃる。さすが京都の名家の方ですねぇ」

と何食わぬ顔で言ってのける。何も知らない会員達も頷いて翔也を褒めて、京都のゲストとして出席してくれた事に礼を述べた。

「うちの娘と争う『秋の競べ馬』……。楽しみにしてますよ。樹里は強いですから、娘の方が先にゴールするやもしれませんなぁ？　いえいえ！　単なるジジイの親バカとお受け取り下さい。縁談が最高の形で終わる事を、祈ってますよ」

どす黒い寛治の笑顔に、翔也も澄んだ微笑みで応戦する。

「そうですね。お互い頑張りたいと思います。私も今日という日が無事に終わる事を祈って、その為に走りたいと思います」

口調は穏やかでも、互いに絶対に引けないやり取りだった。

この家で働き始めた頃なら、炉子は「ひええ」と言って怯えただろうが、今はもう澄んだ瞳でそれを見ており、由良も篤も、眉一つ動かさず強かに牽制《けんせい》した翔也の器に安心している。

炉子がそっと樹里を見ると、樹里もまた炉子を見つめていたので、

（大丈夫。きっと社長が、悠真さんを元気にしてくれはるから……。待ってて）

と、今は言葉に出来ない想いを乗せて視線を送ると、樹里はそっと瞬きして、寛治に声をかけた。

「――それではお父様。出場の支度に参ります。私と豊親の姿を、しっかり見ていて下さいね」

よき娘を演じて踵を返したその一瞬、樹里が振り返って春日小路家を見る。

その瞳が、

（何かは知らないけど、中村家を倒す策を持って来たのでしょう……？　ありがとう）

という視線だと気づいた炉子は、きゅっと胸を締め付けられた。

その直後、樹里は実際に口を開き、

「副社長様。山崎さん。春のお茶会と夏の散策ではお世話になりました。仲良くして下さって嬉しかったです。――今日は、よろしくお願いします」

と言って去ってゆく。

樹里の言葉に、翔也も炉子も頷いた。

こうして、春日小路家も覚悟を決めて、秋の競べ馬に臨むのだった。

秋の競べ馬は、記念式典の前座にあたる行事なだけに、インフォメーション前での歓談の後は映像ホールにて開会式が行われ、海江田や炉子、篤をはじめとした観戦者は、係員の案内で屋外の観覧席まで移動した。

ゴールサイドの建物を抜けると雄大なレースコースが目の前にあり、緑が鮮やかな芝と、整備されたダートコースが広がっている。緩やかなカーブを描いて、遥か向こうの宇治川からは、秋の心地よい風が吹いてくる。

その景色は、晴天もあって清々しさと神々しさに満ちており、京都洛南競馬場全体が神苑のような気品を備えていた。

案内された観戦者達は、どこで観てもいいことになっていて、海江田や寛治、篤、老齢の会員達は見晴らしのよい三階の観覧席に座り、炉子や他の若い健脚な会員達は一階の席に腰を下ろしたり、よりよい場所で見ようと辺りをうろついていた。

そのうち、低い男声のアナウンスが流れて、

「皆様、西日本乗妖クラブ・秋の競べ馬にお越し下さり、まことにありがとうございます。只今より、当会員・池添《いけぞえ》の幻術によります、架空の観衆を投影致します。何卒、悪霊の類とお間違えの無いようご注意下さい。また、実際の悪霊または地縛霊《じばくれい》を発見した場合は、速やかに結界等で自衛して頂き、係員へお知らせ下さいますようお願い申し上げます」

という断りがあって数秒後、和服姿で半透明の、老若男女の群衆が出現した。

観覧席は一気に何百人の賑やかさとなり、観覧席の最前列、柵の前に立っている炉子のすぐ後ろを、半透明の、芸者達を連れた壮年の男性の一団が、笑い声を上げて通り過ぎていった。

霊力持ちの幻術による投影の中でも、驚くほどの精巧さである。炉子が凝視していると、藤田《ふじた》と名乗った袴姿の若い女性会員が炉子の横に立って、優しく接してくれた。

「びっくりしたでしょう？　西日本乗妖《うち》クラブはね、競べ馬をする時は幻術が得意な池添さんにお願いして、エキストラを出してるんだよ。その方が盛り上がるからって」

「そうやったんですね……！　ありがとうございます。いきなり沢山の人が出現したので、めっちゃびっくりしました」

「だよねぇ。私も、会員になって初めて競べ馬に参加した時は、地縛霊達が来たと思って逃げ回ったもん。要するに、さっきの悪霊云々の注意事項は、私のせいなの」

楽しそうに笑う藤田に、炉子もくすりと笑った。

寛治とは正反対に、乗妖クラブの会員達は、誰もが穏やかで優しい。

藤田が離れて炉子が一人になると、袖の内側に貼ってある呪符からふわっとした気配がして、

（――もしもし。翔也君、篤君、山崎さん。聞こえますか？　円地です。お返事は頭の中だけで大丈夫ですよ）

という声が、頭の中に響く。円地の指示に従って、炉子は心の中で、自分の言葉を念

じて返事した。

（お疲れ様です。山崎です。音声、聞こえてます。ありがとうございます）

（篤です。聞こえてまーす）

（お疲れ様です。翔也です。音声は問題ないです。今、由良と一緒に競べ馬出場の為に、着替えて出走手続きをしています。それが終わったら、地下通路を歩いてレースコースに向かいます）

　篤や翔也の声も響いてくる。

　円地は、炉子達に異常がない事を確認すると、今まさに別宅では道雄による籠目の儀式の最中だと伝えてくれる。

　炉子達と連絡を取る円地の背後から、儀式の祭文を読み上げる道雄の厳《おごそ》かな声と、同席している貴史や松尾家の家長たる母・多恵子の、スタッフに準備を指図する微かな声も聞こえてくる。籠目の儀式が順調に進んでいるのがよく分かった。

　その間に終始、楽人達の演奏による雅楽の音色も聞こえており、やがて、それらに交じって苦しそうな呻き声がして、

「皆消えてしまえ、何故私をお見捨てになるのですか、こっちへおいで、さぁ何も恐れずに……」

　と、まるで人格が目まぐるしく変わるかのように演技めいた台詞を喋り続けているのが、呪詛にかかって祓いの儀式を受けている、肝心の悠真であるらしかった。

悠真が呻き始めたと同時に、道雄の祭文を読み上げる声が呪文のような掛け声に変わる。声色も一層低くなっており、儀式の緊迫した状況が音声だけでも伝わってきた。

とても樹里には聞かせられない悠真の苦しむ声に交じって、

「悠真、悠真。頑張ってね。ごめんねぇ……！　皆様、悠真をどうか、よろしくお願いします……」

と、か細く息子に謝り、縋るように周囲に頼み込んでいる悠真の母親の声も聞こえると、炉子までもが泣きそうになってしまった。

翔也は儀式の音声を聞いて、より一層奮い立ったらしい。

（円地さん、ご連絡ありがとうございます。こっちは、俺らが中村家の策謀に負けへんよう頑張るから……。父さんと悠真さんに、頑張って下さいと伝えて下さい）

（もちろんです。承知致しました。ではそのまま、各音声は繋げといて下さいね。あともう少し、こちらから嫌な声が聞こえるかもしれませんが、なるべく平静を装って耐えてもらえたら嬉しいです）

（分かった。――兄さんも、山崎さんも、よろしく頼む）

翔也の声に、炉子も篤も返事して、それぞれの役目に就いた。

今、別宅で行われている悠真の呪詛を解く儀式は、現当主たる道雄自らが全力で臨む儀式とはいえ、物事に絶対はないのが世の真理である。

それゆえ、寛治にばれる恐れも含めて樹里に前もって伝える事は出来ず、円地を通して呪詛の解除に苦しむ悠真の声が聞こえても、炉子達は表向きは平然と、それを受け止めなければならなかった。

翔也と由良が競べ馬に出ている間は、篤が春日小路家の名代《みょうだい》として海江田や寛治らと一緒に観戦し、一従業員として身軽な炉子が、それらから離れて競べ馬を見守り、何かあれば対応する役目を担っている。

翔也や篤は、状況によっては応答が出来なくなるため、その際は代わりに炉子が答えるという伝達係も担っていた。そのために炉子は立ち見専用の、観覧席の最前列に立って、場内全体を見回しているのだった。

今、京都洛南競馬場は、本当の競馬レースがあるのかと思う程人々の声に満ちており、お祭のような熱気さえ感じられる。

しばらくした後、円地の連絡を通して悠真の大きな呻き声が聞こえたので炉子はさっと青ざめ、周りに気付かれないよう円地に応答を呼びかけると、

（――もしもし、聞こえますか。たった今儀式が終わりました。さすがは社長です。成功です。悠真君は正気を取り戻したはります。これから、霊力持ち専門のお医者さんによって、祭祀後の後遺症がないかを確認しますので、それが終わったら社長と一緒に、ただちに悠真君をそっちにお連れします）

という吉報が入った。

儀式が成功した事に、炉子は歓喜する代わりに大きく目を見開き、翔也から聞いたら

しい由良が、

「やった……！　道雄さん……！」

と興奮に震える声が聞こえてきた。

後は、悠真が外出して問題ないかを霊力持ちの医師が判断し、道雄達がこちらに連れてくるだけである。

寛治が何かしらの策を起こす前に、悠真の到着が間に合えば理想だが、と炉子が祈った直後に、再び場内にアナウンスが響いた。

それに従って、炉子達観戦者が地下通路からレースコースに繋がる出入り口を注視すると、獣のあやかしに乗った競べ馬の出場者達が、豊親とは別の、誘導役として着飾った牡鹿のあやかしに続いて、次々と本馬場《ほんばば》入場を果たしていた。

入場した計十四頭の四本足の獣のあやかしは、インフォメーション前にいた大きな化け猫だったり、黒い角を持つ牛だったり、鼬だったり猪だったり兎だったり、馬、狼、虎、熊、果てはそれらの混成獣等、どれも人を乗せられる大きさだった。

それぞれ豪華な鞍《くら》や鐙《あぶみ》を着けている。それらに乗っている騎手達も、平安時代の装束の者がいるかと思えば山伏姿の者もいて、大鎧姿や法衣《ほうえ》を着た者、流鏑馬《やぶさめ》でよく見る狩装束の者や巫女《みこ》装束の女性など、見た限り、乗妖クラブの競べ馬は吉凶を占う行事だけでなく、好きな装束を着て楽しむ一面もあるらしかった。

その中で、直垂姿の樹里と、半人半獣の武装した豊親が本馬場入場した時、炉子は思わず柵に身を乗り出して眺め、その少し後で、翔也と狐の由良が入場すると、炉子はその一瞬だけは何もかもを忘れて、柵をぎゅっと握り締めていた。

　綺麗な狩衣をまとって立烏帽子をかぶる翔也の堂々たる姿に、赤で統一された馬具を着けて翔也を乗せる、大きな狐の由良。由良の狐の姿を見るのは二回目だが、翔也の姿は、以前に初顔合わせの時に話だけを聞いて想像した、後光が射すような麗しい陰陽師そのままだった。

　由良の狐の毛並みは、陽光を受けて金の織物のように煌《きら》めいており、それを翔也が自らの袖を軽やかに捌《さば》いて軽く撫でる。由良の体を翔也の袖が滑る音すら、炉子の耳に滑らかな幻聴として聞こえそうだった。

　今まさに、光る君が陰陽師となって式神と共に現れたのだと、炉子はもはや本能のままに翔也に惹かれて見つめ、そっと帯留めに触れていた。

　狩衣は、本来は刀剣を佩いたり腰に差す装束ではないが、由良の本体が刀であるゆえに、翔也は今回も春のお茶会で使用した刀を所持している。乗馬時の形態に合わせて、刃を下向きにして差す天神差《てんじんさ》しを、狩衣で上手く行っていた。

　それがまた、雅な中に無骨さが加わって、翔也の勇ましさを演出している。

　炉子が感動の溜息をついていると、呪符を通して篤の声が聞こえてきた。

（おぉ、三階の席からもよく見えるよー。翔也、由良。凄く似合ってるよ）

　褒める篤に背中を押されて、炉子も精一杯、

(素敵です、とても……！　私、びっくりしました)

と心を込めて称賛した。

(兄さん、山崎さん。ありがとう)

翔也と接しているからか、由良の声もする。

(今日の私の活躍を、お二人は後でしっかり、道雄さんにご報告して下さいね)

隣に座っている関係からか、篤の声と一緒に、海江田の声も入り込んだ。

「あら嫌だ、どうしましょ。あんな素敵な公達《きんだち》を見たら、生きているのにもう極楽へ来たようだわ。由良君が翔也君を乗せてると、何だか若い時の道雄君を思い出すわ」

海江田の喜ぶ声を翔也と由良も聞いたのか、二人はレースコースの芝の上から顔を上げて、三階の観覧席の海江田に頭を下げた。

騎手達を乗せたあやかし達は、準備運動のように芝のレースコースを半周し、炉子達から最も遠い場所に設置されているスタート地点まで移動する。

そのタイミングを見計らった係員が、ダートに設置された簡易な物見櫓《ものみやぐら》から、緋色《ひいろ》に金の房を付けた流れ旗を振る。同じ頃、ゴール板近くにあるウィナーズサークルで待機していた笛、琴、和太鼓、トランペット、ヴァイオリン等の演奏者達が、競馬のファンファーレを真似た、競べ馬の出走前の序曲を奏で始めた。

和太鼓の合図に笛の高音の独奏から始まる、伸びやかな和風の旋律。ほぼ一曲分の序曲の演奏は、まるで大河ドラマの幕開けのようだった。

演奏が終わると観衆が一斉に拍手する。炉子は最前列から、スタート地点で一列に並ぶ出場者を見守って、翔也と樹里の両方の無事を祈った。

（若旦那様、樹里さん……どうか気をつけて）

白い虎が騎手の促しで最後にスタート地点に並ぶと、高らかに笛とほら貝の音が鳴る。和太鼓の連打と同時に、獣のあやかし達が一斉に飛び出して、秋の競べ馬が始まった。

スタートの瞬間、鼬と山伏のコンビ一組だけが出遅れ、あとは少しずつ伸びるようにばらけながら、あやかしと騎手達は芝のコースを疾走する。スタンド内は大きな歓声に沸き立ち、少し離れた場所に座っている藤田は双眼鏡を使って観戦していた。

先頭に立ったのは、炉子の予想通り樹里と豊親であり、そのすぐ後ろを翔也と由良が猛追している。レースコースは多少の勾配があり、樹里達と翔也達、そのすぐ後ろの先頭集団が最初のカーブの前に控える坂を上ろうとした時、後方にいた猪が大きな鳴き声を上げて、騎手の巫女姿の女性と共に突進し出した。

装甲車のように爆走する猪は、坂を上って他のあやかし達を抜き去るどころか、前を走っていた大きな化け猫と紋付袴の騎手に何の迷いもなく追突して、化け猫と騎手を転倒させてしまう。化け猫から落ちた騎手は慣れたように着地して無事だったが、落馬させられた事に怒った化け猫は、反撃と言わんばかりに猪の顔を両前脚でビンタして噛み付く。そのまま引き倒して、猪と女性も転倒させてしまった。

レースの最中に突然起こった乱闘に、炉子は驚いて口を開けるばかり。競走中の他の出場者達は仕方ないにしても、観覧席にいる会員達の誰もが、落馬はもちろん猪と化け猫の乱闘を平然と観戦している事も、炉子を酷く驚かせた。

それは篤も同じだったようで、

「い、いいんですか？　あれ」

と、海江田や他の理事達に尋ねる声が、呪符を通して聞こえてくる。

海江田の説明によると、乗妖クラブの競べ馬はレース中に乱闘を始めても問題なく、むしろその乱闘も込みの競走に勝ったあやかしこそが、苦難に打ち勝つ象徴として優勝に相応しいのだという。

海江田は苦笑いしており、

「大丈夫よ。落馬した方も、させた方も、失格にはならないわ。――最初の乗妖クラブの競べ馬は、普通の競走にするつもりだったのよ。でも、このクラブ自体が、山の獣のあやかし達に、居場所を与える目的で始まったものだから……。山の子達だから、皆気性が荒かったのね。レース中に他のあやかしに手を出して大変だったの。でも、『だったらもういっそ』という事になって、その次からは妨害や反撃も認められたのよ」

その特殊なルールによって、山育ちの荒々しい獣達は力の限り暴れ回る事が出来て、競べ馬の後には気が済んで皆大人しくなる、という構造になったらしい。

結果的に、あやかしの被害を減らす事に繋がっている事情もあって、現在ではこれが立派なルールになっているのだった。

海江田の説明を篤は熱心に聞き、呪符を通して、

（翔也。お前、知ってたか？）

と訊くと、由良と疾走中ゆえか（知ってる）と短く返ってくる。

（出場手続きの時に聞いた。やから由良の刀を差してきた。それ以外の理由もあるけど）

競べ馬に集中しているためか翔也の音声はそこで途切れ、炉子や篤も、再び観戦に集中した。翔也の言っていた「それ以外」とは寛治への対策のためで、何かあった時、由良と共に真っ向から戦う翔也の決意の表れだった。

遠目から、落馬した騎手二人が「すいませんねぇ」「いえいえ」と言いながら握手し、ひとしきり喧嘩して落ち着いた猪や化け猫の手綱を取って乗り直している。

その間に、先頭集団はすっかり坂を下りてカーブし、第四コーナーを回ってスタンド側を走ろうとしている。観衆と競走者との間が、ぐっと近くなった。

豊親や由良をはじめ獣達が駆けていくときの筋肉の細かな動きや、風圧で針のように後ろになびく体毛が肉眼でもよく分かり、そして何より、体が震えるような地鳴りのごとき大きな足音がして、観衆はより一層応援の声を上げた。

どの獣かは分からないが、

「雪丸ちゃーん！　頑張ってぇーっ！」

という海江田の声が、呪符を通して聞こえてきた。

先頭を維持していた樹里と豊親、翔也と由良が直線コースに入って、海江田や篤、寛

治らが座っている位置を走り去ろうとした時、機会を狙っていたのか三番目に走っていた白虎と堅牢《けんろう》な熊手を持った狩装束姿の騎手が、大きく跳び上がって翔也達の頭上を越え、樹里達を妨害しようとする。

豊親は素早くこれに反応して横に大きく飛び退き、着地した虎の上の騎手が熊手を大きく振りかぶって豊親の鎧に引っ掻けようとした時、今度は樹里が素早く腰元の鞭を取って振るい、鞭の先が熊手を捕えて動きを封じた。その見事な鞭の技術は、炉子や篤だけでなく会員達をも瞠目《どうもく》させ、スタンド内に拍手が起こった。

これらの間に、まるで漁夫の利と言わんばかりに、後方集団にいた牛と袴姿の騎手が大外《おおそと》から一気に、樹里達を抜いて先頭に躍り出る。

それを見たらしい豊親が、樹里が飛び降りると同時に鬼神のように腰の太刀を抜いて、猛然と大外へ駆け出した。豊親の太刀は、一目で刃の無い模造刀だと分かるものの、豊親の迫力に怯んだ牛がにわかに足を鈍らせる。もう少しで牛と接触すると誰もが思った瞬間、間に飛び込んで豊親を止めたのは、翔也と由良だった。

大狐の由良の突進に豊親が一歩飛び退き、翔也が腰の刀を抜いて切っ先を豊親に突き付ける。

両者が一瞬だけ膠着《こうちやく》状態となる間に、白虎や牛をはじめ、他のあやかし達が翔也達を抜いて、第一コーナーを回っていた。

ここまで息を止めるように見ていた炉子の耳に、翔也や豊親の声が呪符から聞こえてくる。

「ほう。その目は、もしや気付いているな……？」

「絶対に止める。お前らを、罪人にはさせへん……！」

豊親の、悟った者のような口調と、翔也の強い意志を持った声を聞いた瞬間、炉子は驚いて思わず息を吸い、目を見開く。

再びレース全体を見ると、樹里が芝を蹴って走り出しており、

「豊親！　行くぞ！」

という樹里の若武者のような凜々しい掛け声と共に、豊親も翔也達を置いて走り出した。走りながら樹里が飛び乗ると、豊親はさらに下半身を駆使して速度を上げる。

「由良！　急げ！」

翔也の声に由良も「御意！」と短く答えて、狐の四肢を力の限り動かして追いかけた。

あやかし達が第二コーナーを回って互いに妨害し合ったり喧嘩しているのを横目に、豊親と樹里が颯爽とそれをごぼう抜きにし、由良と翔也も、他のあやかし達には目もくれず、妨害されても受け流して、樹里達に追いつこうとする。

豊親が疾走しながら太刀を抜き、横薙《な》ぎにして由良を止めようとする瞬間に翔也も由良の上から刀を振るい、火花を散らすように弾き返した。

さながら馬上の一騎打ちであり、それは不思議な事に、最初のスタート地点だった場所を越えてもう一度坂に近づくにつれて、激しくなっている。

特に樹里達の方が一秒でも早くゴールへ行きたいらしく、競べ馬としてはそれが正しいものの、追い縋る翔也達を突き放そうと戦う樹里と豊親には、何か別の意図があるようだった。

最初、炉子はそれが何か分からなかったが、呪符を通して激しい剣戟《けんげき》の音と、

「貴様らはそんなに我らを止めたいか！　そんなに分家の長男を守りたいのか！」

という豊親の声が聞こえた瞬間、炉子は頭を打たれたような衝撃に顔を上げ、篤本人も相当驚いて「え？　俺？」と困惑していた。

その直後、炉子の頭の中で、次々と真相のピースがはまってゆく。

今、豊親と樹里は篤の暗殺を目論んでおり、そのために篤に向かって一直線にスタンド前まで行きたいのだと気付いた。

おそらくは、これこそが寛治が樹里達に命令した策であり、元々は、篤の場所にいるはずだった現当主・道雄が標的だったのだろう。豊親は模造品とはいえ太刀を、樹里は鞭を持っているので十分相手に危害を加える事が出来、仮に凶器を持っていなかったとしても、豊親の脚で柵を飛び越えて、相手の急所を踏みつければ死に至らしめる事は可能だった。

道雄が欠席した代わりに今は篤がいるのであり、とはいえ分家でも長男を殺せば春日小路家への攻撃としては上々、と寛治は踏んでいるに違いなかった。

何という事、と秘かにおののく炉子と同じく、篤本人もそれに気付いたらしい。

それならば自分が移動すればよいと察して、

「すみません。ちょっとお手洗いに……」

と席を立ったが、炉子がその方向を振り向いて見てみると、予想外な事に寛治は篤を止めるどころか、

「あぁ、どうぞいってらっしゃいませ」

と言って、平然と送り出していた。

篤を狙うなら、寛治は決して席を外させないはず、と、炉子は混乱する。

よくよく考えれば、暗殺に気付いた時点で翔也が篤に伝えればよいだけの話なので、では今は一体どういう状況か、と炉子が思ったところに、信じられないような事実が飛び込んできた。

樹里達と翔也達が互いに牡鹿と狐の体をぶつけ合って走り、馬上から鞭や太刀、切っ先が弾き合う荒々しさの中で、翔也と豊親の声が聞こえたのである。

「いい加減に諦めろ！　心配せずとも、貴様らの考えているようにはならぬわ！」

「いや、違う！　俺らは絶対に止めたいんや。樹里さんや豊親さんに……っ！　父親殺しをさせへんために！」

翔也の言葉を聞いた瞬間、

（……そういう事か……）

という篤の声が呪符から響いて、炉子もそのあまりの衝撃に、手に持っていたパンフ

レットをはらりと落とした。

樹里と豊親が今、暗殺しようとしているのは、春日小路家の長男の篤ではなく、そのすぐ傍に座って観戦している樹里の義理の父親・中村寛治その人なのである。

おそらく樹里達は、炉子達が味方になると告げた時からその決意を固めていたと思われ、ライディンググローブを通行手形にして心斎橋に向かわせ、春日小路家に己の境遇と悠真の事を知らせたのも、自分達が殺人罪で逮捕される事を見越して、悠真を託したかったからだろう。

言葉を失う炉子の耳に、芝を疾走しながらの翔也達の声が聞こえてくる。

「俺はずっと不思議に思ってたんや！　あんなに強い樹里さんや豊親さんが、おめおめと今日まで、寛治の手駒になるやろかって……！　俺らが協力を申し出てすぐ、父親から離反してもよかったはずやのに……っ！　やから俺と由良は、スタート直後から注意を払ってた！　暗殺じゃなくて、スタンド前で派手に落馬する気なんやったら、それを助けようと思ってた！」

「なるほど、そして今、我らを罪から救おうと言う訳か……！　志は有難いが今更遅いっ！　あの日、貴殿らに頼って悠真殿を託した後、我らは話し合った！　あの父親がいる限り樹里殿の人生に安寧はない。悠真殿もだっ!!　悠真殿を取り返し我らも逃げられたとしても、寛治が生きている限り、その商売でまた誰かが泣く事になるだろうとな……！　故に我らもまた、中村家の鬼となったのだ！　名も知らぬ人の人生の安寧の為に！　俺は、寛治を葬った後は地獄の閻魔《えんま》様に樹里殿の清らかさを雄弁し、獄卒《ごくそつ》をも蹴散らす覚悟は出来ている！　――樹里殿、しかと掴まっておれ！　ここを曲がった先で全ては終わる！」

「まっ、待て！　由良！　追ってくれ！」

「翔さん、振り落とされないで下さいね！　――お二人とも、冷静になって下さい！　樹里さん！　そんな事をして、残された悠真さんはどうなるのですか⁉　嘆き悲しむと思わないんですか⁉」

その瞬間、樹里の目がかっと見開かれる。

「悠真は……っ！　悠真はいい男だから私がいなくても幸せになる！　でも……っ、あの寛治が生きている限り、寛治が悠真に何をするか分からない！　寛治に泣かされる人や嵌《は》められる人をもう増やしたくない！　だから、悠真はあなた達に託して、私は中村家の娘として責任を取る事にしたんだっ！」

絶叫と共に、渾身《こんしん》の鞭が振り下ろされる。それは真っ直ぐ由良の顔に当たり、避け切れなかった由良は、悲鳴を上げて大きくぐらついた。

由良のバランスが崩れると同時に、豊親と激しく剣を交わしていた翔也のバランスも大きく崩れて、その勢いで翔也は刀を前方に、意図せず放り投げてしまった。

走っている豊親のすぐ足元に落ちた翔也の刀は、瞬時に豊親によって踏み砕かれ、由良の本体である竹光の刀は、その真ん中が粉々にされてしまう。コースの端に飛ばされてしまい、後続のあやかし達にも踏まれる心配はなくなったものの、同時に拾いに行く事も出来なくなった。

付喪神の由良の本体が壊され、炉子はへなへなとその場に座り込む。三階の観覧席では篤も呆然としており、寛治だけが、後ろで付喪神同士の試合での勝利を確信し、

「よっし！」

と叫んでガッツポーズを決めていた。

しかし肝心の翔也と由良は、少しも慌てる事なく、必死に樹里達を追いかけている。

これを見た豊親が驚き、

「馬鹿な⁉ 不死身の由良の太刀は折ったはず！　主の手元から離れて砕けて、あれだけ力が出せるはずがっ……⁉」

と、目を見開いて翔也達を振り向いた時には、彼らはレースの先頭として最後の直線に入りかけていた。何も知らない他の観戦者達は、ここが一番の大盛り上がりと声を上げ、歓声はピークを迎えようとしていた。

由良は確かに、本体が壊されてもなお翔也を乗せて懸命に走っているが、やはり壊された影響は多少あるらしく、徐々に豊親との距離が開いていく。

相手を突き放して寛治を討つ、その決定的な瞬間を樹里が捉えて叫んだ。

「いけぇーっ！　豊親ーっ！　行けば後は私がやる！」

その絶叫が騎手の最上の鞭となり、豊親が目を血走らせて全力で走り出す。

上半身ももはや牡鹿の姿に戻って激しく上下し、それまでも豪快に走っていた鹿の下半身は、豊親と樹里の気合によって大きな変化を遂げていた。

牡鹿の豊親の全身が、ぐっと重心を下げたかと思えば、超特急のダービー馬のように、締まった全身の筋肉を極限まで浮き上がらせて駆ける。明らかに速度が加わったラストスパートを見たスタンドの観衆は、悲鳴のような歓声の嵐を起こしていた。

観覧席から、篤も必死に声を上げている。

「走れっ、由良ぁーっ！　もう少しや！」

あと数秒もすれば、樹里達は寛治のいる場所から直線上の位置に立ち、柵を飛び越えて寛治を手にかけてしまうだろう。寛治は何も知らず己の勝利の瞬間を見たいのか、席にどっかり腰を下ろして一向に動こうとしない。

こうなったら、自分が寛治の盾になるしかないと炉子が顔を上げると、コースの外側、第四コーナー付近の芝生の、開放されている出入り口から、誰かが柵に駆け寄っているのが小さく見える。

それは若い男性で、見慣れた中年男性が付き添っている。まさかと炉子が目を見開いたと同時に、

「皆待たせた！　悠真君を連れてきたぞ！」

という道雄の声が呪符から響いた瞬間、大歓声の中で翔也、由良、篤、そして炉子はあらん限りの力で声を張り上げ、暗殺に駆ける樹里と豊親を止めようとした。

「樹里さん‼　止まれぇーっ‼」

「止まって下さい、豊親さんっ！　樹里さんっ‼」

「お願い、止まれ、止まれーっ！」

「お願い、走らんといて！　樹里さーんっ‼」

しかしそれらはあっという間に、割れんばかりの周りの声に掻き消され、樹里達には届かない。

翔也と由良は疾走する豊親を力の限り追い、炉子もまた、少しでも樹里達と距離を詰めて知らせようと必死に観覧席を駆け出した。

しかし悲しい事にその全てが届かない。豊親がゴール手前で方向を変えて寛治がいる観覧席まで跳ぼうとした時、炉子の脳裏に、今までの樹里との交流が刹那的に蘇る。それが力となったのか、自身でも驚くほどのよく通る声となって、炉子の喉から飛び出していた。

「樹里さんっ‼　気付いて下さいっ‼　止まってーっ‼」

その瞬間、樹里と豊親の動きが引っ張られたかのようにぴたっと止まり、はっと目を見開いて顔を上げる。叫んだ反動で炉子が息を切らして座り込んでしまった間に、翔也と由良が樹里達に追いつき、それらの背後で、後続集団が一気に抜き去っていった。

獣のあやかし達が次々にゴールを果たし、西日本乗妖クラブ二十周年の秋の競べ馬は、猪と巫女姿の女性騎手がその優勝を飾っていた。

競べ馬の決着がつき、そのほとんどがゴール板を通過すると、観衆の声は潮が引くように静まると同時に、会員達の困惑の声が聞こえてくる。

会員達の視線は、完全に樹里達に釘付けであり、翔也と由良が、樹里達に事情を話している。

今ようやく、樹里と豊親が、悠真のいる第四コーナー付近を見た。

「何と……？　まさか……!?」

「……本当に……？　あれ……。悠真……なの……？　ほんとに……？」

「伝えるのが遅くなってごめん。父さんが、悠真さんを治してくれたんや」

観覧席の寛治も、悠真の存在に気付いたのか、信じられないといった表情で立ち上がる。海江田や他の会員達も、何が起きたのか分からず、心配そうにコースの様子を見つめていた。

「悠真……。……悠真っ！」

樹里が叫んで豊親から下りて駆け出し、それを遠くから見た悠真もまた、芝生から観覧席に入って走り出す。飛ぶように、お互いの元へ駆けて行った。

二人がようやく出逢ったのは観覧席の真ん中辺りで、最前列の柵を隔てて樹里と悠真が見つめ合う。

苦難と呪詛を乗り越えた再会に、樹里は震えて、悠真は正気を取り戻した穏やかな瞳で、互いの手を握った。

「ほんとに……？　本当に悠真……？　悠真……だよね……？」

「うん……。ごめんな。今まで、ずっと一人ぼっちにさせて。苦労させて……」

「呪詛は……？　もういいの……？　体、何ともない……？」

「大丈夫。春日小路さんとお医者さんに、全部診てもらったよ」

「本当に……？　もう、大丈夫なの……？」

「うん！　やっぱり、演技力は自力で何とかしないと駄目だよな！　俺、これからも頑張るよ！　……あ……。ごめん。俺、ちょっとでも明るい雰囲気にしようと思って……。本当にもう、俺は大丈夫だから。心配しないで。春日小路さんから大体は聞いたけど……。もう俺のために、頑張らなくても、いいからな……。本当にありがとう……。なぁ、樹里。――ただいま」

「……おかえり、悠真……。本当に……おかえり……。おかっ……、っ……！」

その瞬間、初顔合わせから今までずっとクールだった、樹里の仮面が崩れた。

樹里の両目から大きな涙がこぼれ落ち、顔がくしゃりと歪んで、少女のように泣き崩れる。それを見た悠真が柵をくぐって、樹里をしっかり抱き締めて、その背中を撫でていた。

その様子を、レースコースから由良と翔也、そして豊親が見守っている。

やがて、豊親がそっと走り出して樹里と悠真のもとへ行き、再び上半身を古老の男性に変化させると、悠真が嬉しそうに笑った。

「……豊親も、久し振りだな。今まで迷惑かけて本当にごめん。その格好いい爺さんの姿、久し振りに見た」

「……俺も、悠真殿の元気な姿を見るのは久し振りだ……。よく、戻ってきてくれた……！」

樹里のように泣きはしないものの、元の主である悠真との再会に、豊親も感極まっているらしい。豊親は、悠真の腕の中でようやく泣き止んだ樹里に対して、

「樹里殿。もはや、全ては終わったと見受けられるが……。構わぬかな」

と尋ねて、樹里も静かにそれに頷く。

樹里が懐から、小さな何かを出して豊親に渡した。

そっと様子を見に来た翔也達へ豊親が渡したのは、バイクの鍵だった。

「……この鍵を、副社長殿にお渡ししましょう。私の正体は、樹里殿そして悠真殿が所有するバイク『トヨチカ２５０』。正式な車種名は別にありますが、これが私の、付喪神としての真名《まな》でございます。

私は元々は、悠真殿が所有していたバイクであり、名付け親はもちろん悠真殿でございます。彼が敬愛する、亡くなった悠真殿の祖君の御名が『豊親』でございました。悠真殿に代わって、私がその豊親様になったつもりで樹里殿を補佐して参りましたが……。全てが終わった今、もはや必要ございませぬ。

春日小路家次期ご当主・翔也様。今この時を以て、我々中村樹里および豊親は、縁談

における付喪神同士の試合放棄を宣言し、春日小路家の縁談そのものからも、辞退させて頂きたく思います。何卒、お聞き入れ下さいますよう……」

静かにその場に伏せ、そして丁寧に頭を下げる豊親。

それを見た観覧席の寛治は、顔を真っ青にして呆然と立ち尽くしている。

鍵を受け取った翔也もまた、その場で膝をついて座り、豊親と樹里を心から労った。

「――今の言葉、しかと聞いた。中村樹里さんの辞退を認めて、今ここに、春日小路家と中村家との縁談が円満に破談となった事を、次期当主の名において認める。豊親さんはどうか、これからも樹里さんと悠真さんの傍について、二人が幸せになるよう、しっかり守ってあげてほしい」

「勿論でございます。これからは一付喪神ではなく、お二人の守護神となる事を、ここにお約束致しましょう。この度の、春日小路家次期当主様のご寛大なご処置と、ならびに現当主様の多大なるお力添えを賜りました事を、心より御礼申し上げます。お役に立てる時がございましたら、いつでも樹里殿と私をお呼び立て下さいませ」

この間、篤が戸惑う海江田達に、かいつまんで事情を説明したらしい。海江田や理事達が拍手を送り、

「道雄君たら、凄いじゃない。樹里ちゃんに、悠真さん、本当によかったわねぇ……！

それにしても、どうして呪詛なんて恐ろしいものが……」

目に同情の涙を浮かべる海江田に篤が小さく溜息をつき、

「本当に、そうですよね。その辺の事情は……。社長に聞けばいいと思いますよ」

と言ってのけて、寛治の肩を叩いていた。

自身の野望が砕かれ、悠真という人質をも失った寛治は、自分の完全敗北を悟ったらしく無言で客席に座り込む。その様からはもう鬼の覇気は感じられず、篤が翔也と由良、炉子達に小さく手を挙げたので、炉子達もまた、それに応えて頷いた。

こうして秋の競べ馬と、中村家との縁談の行事が幕を閉じ、春日小路家と中村家との全面戦争は、春日小路家の勝利で終わったのだった。

幕間三

自分がこんなにも彼女に、山崎炉子に心惹かれるとは思わなかった——。


秋の競べ馬が終わった後、翔也ら春日小路家と中村寛治は予定通りレース後の記念パーティーに出席し、樹里と豊親だけが、儀式の後処理があるとして海江田へ丁寧に挨拶して帰る道雄と悠真に付き添って、辞する形で欠席した。

ゴール直前に樹里がレースを中断し、その後、親しい間柄と思われる男性の前で泣き崩れたのを見た乗妖クラブの会員達は、樹里にはただならぬ事情があったのだと誰もが察したらしい。

記念パーティーでは、何人かの理事や会員達が父親である寛治に疑問を持ち、

「娘さん、何かあったんですか？　このパーティーも欠席なさったし……。娘さんに付き添わなくていいんですか？　あぁ、でも娘さん、えらい剣幕で中村さんを拒否されてましたね……？」

と事情を尋ねて、寛治の方も、まさか自分が悪事を働いていたとは言えず、何とか言葉を並べて相手のグラスにビールを注ぎ、話の矛先を変えるので精一杯だった。

そんな寛治の姿を見た勘のいい会員達は、樹里との間に何らかのトラブルがあって、しかも寛治に全面的に非があると見抜いたらしい。そういう者達は何となく寛治を避けるようになり、自らビール瓶を持って腰を曲げぺこぺこと頭を下げて注ぐ寛治の姿は、競べ馬の前にインフォメーションで歓談していた時と同じような姿でありながら、百八十度違った印象を与えた。

今の寛治にはもう、縁談どころか覇道への戦意も人望すらも完全に失っており、それを離れたテーブルから見た翔也ら春日小路家側は、もはやこちらが寛治に手を下す必要はなく、勝敗は決したのだと確信する。中村家に関する今後は、樹里と豊親、そして角川親子の弁護士を立てた話し合いや、福岡県警の人外特別警戒隊等が介入して収束するだろう事が、よく分かった。

案の定、翔也が小間使いのようにビール瓶を運ぶ寛治に声をかけ、

「中村社長。本日はお疲れ様でした。お嬢様と豊親様より、縁談の辞退を承っておりますが……。構いませんね」

と尋ねると、寛治は魂を抜かれたような顔で翔也を見ずに、

「……はい。好きにして下さい」

と、弱々しい声で返事をした。

そんな寛治に救いの手を差し伸べたのは杖をついた海江田であり、

「中村さん。今日まで色々と……大変でしたわね。せめて今だけは、美味しいお料理を召し上がって、気持ちを落ち着かせましょうね。仏様は見ていますよ。よい行いも悪い行いも……これからの行いもね」

と、こちらの事情を分かっているのかいないのか、いずれにせよ俗世を超えた温かい笑みで、寛治の背中をそっと押していた。

それを見た寛治が頷き、観音様のような慈母の心に胸打たれたのか、その目にわずかに光るものを見せる。

寛治と海江田の背中を黙って見送った翔也が、何も言わずに由良や篤、そして炉子が座るテーブルまで戻ったのを幕引きに、春日小路家と中村家との縁談、そして全面戦争は決着したのだった。

その後の記念パーティーは、お開きとなるまで穏やかに過ぎ、全てが終わって本宅に帰った翔也達は、居間に入った瞬間にどっと疲れて座り込んだ。

兄の篤に至っては、ちゃぶ台の横で打ち上げられた魚のように寝転がり、カワウソの式神に小さな手でぺしぺしと労われている。由良も翔也も、さすがに疲労が勝ってちゃぶ台の上に突っ伏し、それを見た炉子が奮い立って訊いた。

「皆さん、ほんまにお疲れ様でした！　お茶、淹れましょうか？　コーヒー、紅茶、緑茶、ほうじ茶、カルピス、牛乳、何でもありますよ」

由良が緑茶、篤がカルピスと希望を出す中で、翔也はぽそっと素直な要望を出してみる。

「……味噌汁。具はなくていいから」

インスタントでなければ、味噌汁は鍋で作らなければいけない。さすがに、借り物の付け下げを着ている炉子には難しかった、と思った翔也が訂正しようとすると、

「ふふっ。かしこまりました」

と、炉子は微笑んで受け入れてくれた。

「若旦那様、お好きですもんね！　ただ、すみませんけど、この格好で作ると汚してしまうかもなので……。急いで着替えますんで、待ってて下さい」

それを聞いた翔也は、胸の中にほかほかとしたものを抱きながら顔を上げて、

「ありがとう。ほな、待ってるわ」

と、作り立ての温かい味噌汁を楽しみに、居間から出る炉子を見送ったのだった。


炉子が離れで着替えて、味噌汁を作っている間。

翔也は、縁側から見える夜の暗い中庭をぼんやり眺めながら、今日まで歩み、育ってしまった炉子への感情について、由良にも篤にもばれないように考えていた。

（……暗いと思った中庭も、よく見たら薄い光が射してるのが分かる。月明かりやな

……）

確か、炉子が初めてこの本宅に来て、自分と改めて契約の意志を交わした時も、夜だった。

炉子の母にまつわる事情を知り、互いに、欠けた記憶を持つ者同士と励まして心の距離を縮めたのも、祇園祭の宵山の時で、つまり夜だった。

（あの時の俺はまだ、今の自分と、記憶を失くした時の自分との違いを、気にしてたように思う）

しかし、炉子との日々を重ねるにつれて、だんだんその意識がなくなった。

炉子が、当時の自分だけでなく、今の自分も見てくれているからだった。

いつだって炉子が、翔也のその時の気持ちに寄り添ってくれる人だと知ったのは、大原の役員会議の時。あの日、権謀術数の渦巻く場に疲れていた事を炉子はいち早く察して、作り話をしてまで、自分を外に連れ出してくれた。

「若旦那様を連れ出した手腕……。私も、なかなかやり手でしたよね？」

強かなのは一人じゃないと、励ますようににっこり笑った炉子を見て、翔也は不思議と気持ちも晴れ、

「うん。俺だけじゃなくて、山崎さんも悪い奴やったか」

と笑い、内心ではどれだけほっとして感謝しただろうか。

記憶を取り戻しかけて、遠くから中村父娘の声を聞いた時。

翔也は、気配を封じる術を施す際に、炉子をその身に抱くようにした。
(別に、あの気配を封じる術は、わざわざ抱き締めんでも肩に手を乗せるだけでよかったのにな)

確かに、咄嗟の勢いもあったが、突き詰めて考えてみれば、無意識に炉子を抱き締めたいと思っていたからこその、あの行動に他ならなかった。

その後も炉子は、翔也だけでなく樹里達にも寄り添っていた。翔也にとってその姿は、人の辛さを和らげる温かな灯のように思えた。

そして大阪で、篤から呪符によって呼び寄せられた時。自分の、炉子に対する気持ちが決定的になった。

久方ぶりの篤との電話で、炉子が化け物に襲われていると聞いた時、頭の中が真っ白になった。一秒でも早く助けたいと篤に答えて、呪符によって大阪駅に転移した。目の前で化け物に取り込まれている炉子を見た瞬間、思わず名前で呼び、無我夢中で助けて、炉子を自分の手に取り戻していた。

後から篤に、
「変わったなぁ、お前。昔のお前なら、まずは状況を聞いてくるだろうに」
と言われたので、
「襲われてんのが、父さんや円地さんやったら、そうする。でも山崎さんは……。お手伝いさんやから」

自分の大切な人だと言いかけて、お手伝いさんだと言い直した。

その後、呪符と篤の滞在がきっかけで、翔也は記憶の断片を思い出した。兄や父を疑っては否定し、自分で自分を追い詰めて思わず積んでいた本を払いのけた。

(……春日小路家が、普通の家じゃないのは分かってる。でも、それでも俺はただ、普通に過ごして、普通に商売をやって、生きていたいだけなんや……。やのに、何でこんな事に……。俺は、家族まで疑わなあかんのか……っ⁉)

その時、襖の向こうから、炉子の声がした。

「若旦那様……。伺いたい事があるのですが……。入ってもよろしいでしょうか……?」

(山崎さん……。……炉子さん……)

その時、翔也はあえて、心の中でその呼び方をした。

今の自分が話せるのは、もうこの人しかいない。

雪の夜に出会い、母親の形見を渡したあの二人の時間だけが、今の翔也にとっては真実だった。

「……あぁ、山崎さんか」

「……眠ってらしたんですか」

「うん。まぁ」

絶対に、寝ていた顔ではないはずなのに、炉子は優しく日常を紡いでくれようとする。

「落ちた本、拾っておきますね。やっぱり、次期当主ともなると、沢山勉強されて凄いですね」

本も拾ってくれようとする寄り添い方が、あまりにも心に沁みた。

気づけば翔也は、炉子をそっと引き寄せていた。心の底から、炉子を頼りたかった。

その後は、自分の抱えているものを全て炉子に話した。それを静かに聞いてくれた炉子は、翔也の孤独を理解し、理論的で冷静に、そして温かく、翔也の家族が犯人ではないと伝えてくれた。

そのお陰で、翔也は精神的に立ち直る事が出来た。

元気になった翔也を見て嬉し泣きする炉子は、もはや翔也にとって、かけがえのない人になっていた。

「その涙は、事件も縁談も、全部終わった後まで取っといてくれ。俺もほんまは、さっき、『炉子さん』って呼ぼうと思ったんやけど……。約束やしな。全部の記憶が戻った時にって。まぁ、咄嗟に一回、炉子って呼んでもうたけど。……ええやろ？」

翔也が問うと、炉子は頰を赤らめて、こくこくと頷いてくれた。

その後、炉子が形見のネックレスを自分に返そうとしたが、今度も翔也は断った。

「ありがとう。それだけでもう、元気出たわ。やからそれは、引き続き山崎さんが持ってたらええで」

（山崎さんの護身の助けになるというのも事実やけど、改めて山崎さんに渡したい。彼女と接するだけで、俺はこんなにも元気になれる。……俺はとうとう、山崎さんを、好

きになってしまった)

この先も炉子がネックレスを持てと言った言葉こそが、その証だった。

その後、炉子と触れ合っていたのが篤に見つかり叱責を受け、翔也も炉子も、素直にそれを詫びた。その誠意が通じたのか、篤は炉子に使用人としての注意をした後は、何も言わずに、自分達を信じて先に一階へ下りてくれた。

(兄さんは、全部気付いたうえで……。ありがとう、兄さん)

翔也は心の中で、兄に礼を言った。

今の翔也は、父が雇った使用人という枠をとうに超えて、炉子を好いている。自分の立場を顧みて自制しなければ止まらないほど、それは温かく、確かな気持ちとなっていた。

魅力的な女性は炉子以外にもおり、翔也から言わせれば、愛子も、るいも、そして今回の競べ馬で戦った樹里も、明るさ、ひたむきさ、そして強さといったそれぞれの長所を持った正真正銘の「魅力的な女性」であるが、彼女達への感情は、単なる人としての称賛までに留まっていた。

そこから一歩越えたところにある恋、いわゆる「自分の一の人」、ないしは「自分の本当の北の方」は、友人の松尾貴史さえも飛び越えて、縁談相手ではない山崎炉子こそがその人なのだと、今、翔也は心《しん》から自分自身にそれを訴えていた。

(でも、それでも今の俺が男として、山崎さんに触れる事は出来ひん……)

もし翔也が互いの立場や縁談を無視して炉子を選べば、篤が釘を刺したように、確実に炉子が責められるのは間違いない。付喪神同士の試合に臨んだ愛子や、ツアー主催を頑張ったるいをはじめ、正式な手順を踏んでくれた縁談相手の皆にも顔向け出来ない。

自分の恋を叶える事よりも、他の縁談相手の尊厳や炉子の名誉を傷つけない事の方が大切だと思う。結局は、身分違いの儚《はかな》い恋だとして今は諦める以外にないのだった。

（俺が、オーナー一家でも何でもない普通の家の息子やったら、すぐに山崎さんに好きやでって言うて、交際したいって言えるのにな）

片や縁談中の次期当主、片や家に雇われた使用人という隔たりを、翔也は切なく思った。


ひとしきり翔也が物思いにふけったちょうどその時、着替えて調理を終えた炉子が、温かい味噌汁を運んで来てくれた。

翔也達はありがたく椀を受け取り、炉子の作った味噌汁にしんみり口を付ける。優しい事に、炉子は篤や由良、さらにはぬるくしたカワウソの分まで作ってくれたので、ちゃぶ台を囲んで皆で体を温めた。

一段落した後、

「そう言えば……。由良さんのあだ名の『不死身の由良の太刀』っていうのは、ほんまやったんですね」

と炉子が言い、

「若旦那様の手から離れて、豊親さんにあんなに踏まれて折られても、由良さんは特に力を落とす事なく走ってましたし……。凄いです！」

と、瞳を輝かせると、由良が「でしょう!? 道雄さんの付喪神ですから」と胸を張り、篤はさも面白そうに笑っている。

事の真相を知っている翔也も、ちょっとだけ恥ずかしくなって黙っていたので、炉子がぽかんと首を傾げた。

「あの……。すみません。私、何か変な事言いました？」

「いや、そうじゃないねんけど……。何か、引っ掛け問題みたいで悪いなぁって」

「引っ掛け？」

「実はな、山崎さん。由良の本体と真名は……実は『太刀』じゃないねん。周りが勝手に勘違いして、そう思われてるだけやねん」

「あぁ、そうなんですか。てっ……。えっ!? 刀じゃないんですか!? じゃあ由良さんの正体は……一体……!?」

恐る恐る由良を見る炉子に、由良が目を細める。

「人を、変な妖怪みたいに失礼な。まぁ私も厳密には、付喪神というあやかしの一種ですけども……。私が道雄さんの第一の忠臣、第一の太刀というのは、表現としては正しいので」

「あ、比喩《ひゆ》の話はしてないです」

「本当に図太くなりましたね君は⁉」

横で篤が爆笑していた。

由良の本体については、その後の篤の言葉が的確で、

「確かに、競べ馬の時は、刀身を折られたから助かったけど……。そこ以外だったら、やばかったね」

と言うのに炉子は数秒考えて、やがて、思いついたらしい。

「刀身以外って……？　でも若旦那様達は、春のお茶会の試合では、刀を使って戦ったし……。……あっ！　『こしらえ』⁉」

炉子の声に、篤が「あったりー！」と言って、両腕で大きな丸を作った。

篤の作った丸を、カワウソが楽しそうに跳躍してくぐる。由良もふっと口角を上げており、正解したからには解説を、と考えた翔也は、上着の胸ポケットから呪符を出し、小さく呪文を唱えて折れたままの刀を出した。

鞘《さや》を払った後は、鞘の方をちゃぶ台に置く。その間に、由良が棚の引き出しから、小さな金槌《かなづち》のような刀剣の手入れ用品の一つ、目釘《めくぎ》抜きを出して渡してくれる。

受け取った翔也は、手早くそれで刀の柄に取り付けられた目釘を抜いて、折れたままの竹光の刀身から柄と鍔《つば》を抜く。刀身を丁寧に畳に置いた後、翔也は柄と鍔の方をちゃぶ台に置いた。

今、ちゃぶ台には鞘と鍔、柄が載っており、さらに柄には、縁頭《ふちがしら》と目貫《めぬき》、柄頭と呼ば

れる三種類の金工品が着けられている。

鍔も、柄の金工品も、間近で見れば狐の意匠だということがよく分かり、これら精巧な金工品や美しい鞘の事を、刀剣の用語で「拵《こしらえ》」と呼ぶのだった。

「これが、由良さんの本体……」

「そう。柄頭、目貫、縁金《ふちがね》、鍔、ほんで鞘……。鞘以外の全てに狐の意匠が凝らされたこの『由良拵《ゆらごしらえ》』が、由良のほんまの真名にして、ほんまの本体や。一つじゃなしに、複数の工芸品で一つの『拵』というものを成してるから、刀身が折られようが奪われようが、他の一部をこっちが持ってたら、完全な奪取にはならへん。付喪神の弱体化云々もしかりや。拵の全てを奪われるか破壊されへん限り、他の付喪神達の平均以上に、由良は動ける強さを持ってんねん」

翔也の説明に、炉子はちゃぶ台の上の拵をじっと眺めていた。

今までの道雄や翔也と戦った相手は、そのほとんどが、まず由良の本体を刀だと思い込んでいた。今日の豊親のように、刀身が折られても戦える由良を見て、太刀じゃないのかと慌てている間に、由良によって倒されていたのである。

それを由良が、補足として炉子に話していた。

「それが、私が『不死身の由良』と呼ばれる所以《ゆえん》となり、今ではすっかり広まってしまった……という事でして。道雄さんはよく、『引っ掛け問題やな!』と、笑っておっしゃいます」

翔也と由良の説明で、炉子にも、付喪神としての由良の全容がほぼ分かったらしい。

しかし、最後に分からない点があったらしく、

「由良さんの正体、やっぱり凄いですね。あれ……。でも、競べ馬の時は、折られたうえに、完全に若旦那様の手から離れてましたよね？ それでも、由良さんは力を残してましたけど……」

と訊いたので、今度は篤が、

「それこそが、由良の一番『不死身』な部分なんだよ」

と言って、炉子に柄をひっくり返すよう促した。

「山崎さん。柄の真ん中に着いている『目貫』は、表と裏の両面にあるんだよ」

「そうなんですね。じゃあこっちにも……。え、あれっ⁉ 無いですけど⁉」

「うん。今は無いよ。競べ馬の前に、翔也が外して誰かに渡したから」

「ここの金具だけをですか？ 誰に……？ ……もしかして……」

「そう。光る君からの褒美は、光る君の信頼の証だったって訳」

炉子が、驚きと歓喜の瞳で、まっすぐ翔也を見る。

翔也も、炉子を愛しく想う気持ちを押し殺して、次期当主の眼差しで頷いた。

目貫とは、刀の柄の中央辺りに取り付けられる実用ないしは装飾の金具で、表裏両面に着けるもの二つで一対を成す。

ただ、目貫は例外として、土台に取り付ける形で着物の装飾品に流用される事もあり、

それこそがまさに、競べ馬の前に翔也が炉子に渡した帯留めだったのである。

金工の部分は、むろん由良拵の目貫。由良本人はもちろん、篤もはじめからそれを知っていた。

「あれが、由良さんの一部やったんですね……」

炉子から目を離さず、翔也は静かに頷いた。

「……同じ空間にいる、自分が信頼する人に拵の一部を託しても、付喪神としての由良と主の関係は成立する。拵が完全に奪われる確率も減る。由良が『不死身』と言われる、もう一つの所以や」

「……まさに、付喪神らしい正体ですね。そんな大事なものを私に渡して下さって……本当にありがとうございました」

「プレゼントみたいに渡しといて申し訳ないんやけど、あの目貫がついた帯留めは、貸与という事にしてもらってええかな」

「もちろんです！　何なら、今すぐお返ししますんで！」

「いや、無理せんでええで。今日はもう、山崎さんは着替えてるから、明日返してくれたらええわ」

「はい」

頭を下げる炉子に、由良もにっこり笑っていた。

「今日は、山崎さんが帯留めとして私の一部を持っていたお陰で、それほど力を落とさずに済みました。感謝していますよ」

由良の言葉にも、炉子は嬉しそうに頭を下げた。

自分がここ一番で、由良拵の一部を炉子に託したのは、信頼している証。

今、翔也が炉子に贈れる気持ちは、そこまでだった。

翔也が感傷に浸っていると、由良が腕組みをして炉子に声をかける。

「翔さんの信頼を得た山崎さんが、今後、さらに結界等の能力を高める事が出来ると、より一層頼もしくなりますね。中村家との戦いは終わりましたが、縁談自体はまだ終わってませんので……明日からまた練習しましょう。和雑貨作りの研修も兼ねて、お守り作り等も始めてみるのも有りですね」

「裁縫《さいほう》は一通り出来ますので、任せて下さい！　よろしくお願いします」

篤もカワウソと戯れながら、炉子に冗談を言っていた。

「結界の練習なら、俺とこの子も付き合うよ。あと、結界もいいけど……。山崎さん、実は妖怪に乗る才能とかあるんじゃないの？　大阪駅で鯰獲ってこようか？」

「絶対に嫌ですっ！　絶対やめて下さいねっ⁉」

「よーし、絶対に獲ってこよう」

「えーっ⁉」

楽しく喋る炉子達を眺めながら、翔也も肩肘の力を抜いて、一息ついた。

秋の行事まで終わった今、残る縁談相手は松尾家のみ。

その前に、もう一度中村寛治と面会して、六年前の襲撃事件の事を訊く必要があると考えた翔也は、同時に、京都洛南競馬場を去る直前に豊親に言われた事を思い出した。

「世話になったな、副社長殿。――ところで、あの山崎さんという女性は、何か特殊な力でも持っているのか」

「由良達との練習や自主練で、弱い結界ぐらいは張れるらしい。俺は、それだけしか聞いてへんけど……。どういう事や？」

「いや、大した事ではないのだが……。あの競べ馬で、ゴール直前に俺と樹里殿が立ち止まったのは、山崎さんの声によるものだ」

「山崎さんの、『止まって』という声が聞こえたって事か？」

「さよう。しかし厳密には、声が聞こえたから止まったのではない。山崎さんの何かに引かれて止まったのだ。山崎さんがいなければ、俺と樹里殿はあのまま観覧席へ跳び上がり、寛治のもとに突っ込んでいただろう。それぐらい、何か強いものだった」

「山崎さんの、何か……？　異能か？」

「俺にも分からん。しかし、それと似たような事を、俺は夏に経験している……。御子柴家の巌ノ丸と乱闘しかけた際、貴殿に『控えろ』と言われた時だ。あの時も、貴殿の強力な何かによって俺は気を引かれ、動きを止めた。巌ノ丸もそうだったのだろう。結論から言えば、貴殿も山崎さんも、どちらも凡庸な霊力持ちでは得るのが難しい、特殊な力を持っているのではあるまいか」

「俺と、山崎さんに……？　でも、俺はあの時は、控えろと言うただけで、霊力の放出も何もしてへん。山崎さんも多分……」

「そうか。では、下手な明言を避けるためにも、俺が言えるのはここまでだな。気になるのなら、神社仏閣の者や警察の人外特別警戒隊の隊員といった、専門的な人達に訊いてみるといい。この話が、山崎さんと副社長殿の、何かの役に立つ事を祈っている。

——今までありがとう、春日小路家の次期当主よ。傘下ではないが、困ったときはいつでも力を貸そう……」

　豊親の言葉はそれだけだったが、翔也の心の片隅に残っていた。

（俺も山崎さんも、実は特殊な力を秘めている……？）

　炉子に関しては、翔也にも実は心当たりがあった。個人的な話なので豊親には言わなかったが、あの宵山で炉子が蘇らせたという、母親との記憶の事である。

　炉子の特殊な力に関しては、おそらくその辺りに手がかりがあるだろう。しかし、炉子本人が今まで忘れていた程辛い記憶だったために、今でも翔也から話す事は躊躇《ためら》われた。

　悩んでしまうのはむしろ自分の方で、現当主である父のもとで修行を重ね、次期当主として一通りの能力を身に付けた成人だというのに、今になってまだ、秘められた能力が残っているとでもいうのだろうか。

　そのようなものがあればあの優秀な父が見逃すはずはなく、とすると、

（……実は父さんも気付いてて、あえて今日まで、俺に隠してるのか……？）

と、疑問に思うのだった。

縁談の事もあるので、翔也は道雄とも話をしなければと考える。

寛治と面会するのが先か、父と話すのが先かと翔也が迷っていた時。

何の前触れもなく、突然由良が苦悶《くもん》の表情を浮かべて苦しみ出す。

背中を丸めて息を荒くし、その場に倒れこんだ。

「由良さんっ⁉」

「どうしたんやっ⁉」

炉子と翔也が同時に叫んで由良のそばに寄り、篤が青ざめながらも縁側へ走って、周辺に悪しきものがいないか確かめる。

由良は、意識はあってもかなり弱っており、

「み……道雄さんは……？」

と、掠れた息の中で翔也に問うた直後に、身を縮めるように体から煙を出した。やがて由良は小さな狐の姿となり果てて、立ち上がる事さえ出来なくなった。

突然の事に炉子は困惑していたが、翔也には、由良が道雄の付喪神である事から、何があったのかが分かる。

案の定、由良はか細い声で、

「道雄さん……。道雄さん……が……危ない……」

と呟いており、その時ようやく、炉子も篤も、道雄の身に何かが起こって、何らかの力を極端に弱めたために、由良も一緒に弱ったのだと気付いた。

「翔也。円地さんか、誰かからの電話は」

「今かけてる」

翔也は努めて冷静になって、自らの呼吸を整えながらスマートフォンを操作する。

それと同時に、円地の方から電話がかかってきて、

「お疲れ様です。翔也君ですか。今すぐ、本宅の結界を厳重に張り直して、今日は絶対に寝ないで下さい。社長と松尾の息子さん、それに付喪神の湊《みなと》君が襲われました。僕以外重傷です。社長は特に危ないです。本当に申し訳ございません。今、皆さんは病院に運ばれています。落ち着いたら連絡します。犯人は――」

という憔悴《しょうすい》しきった報告に、翔也は大きく目を見開いた。

電話を切って炉子と篤に伝えると、二人とも言葉を失う。

「社長と貴史さん達が……重傷……？」

「おとんらは、誰に襲われたんや」

尋ねる二人に、翔也は静かに告げた。

「……御子柴家や。るいと巌ノ丸が、別宅に奇襲をかけたらしい」

そんな、と呆然とする炉子を見ながら、翔也の脳裏には、髪をばっさり切って襲撃を果たし、ほくそ笑むるいの薄暗い顔が浮かんでいた。

文春文庫

京都《きょうと》・春日小路家《かすがこうじけ》の光《ひか》る君《きみ》　二

定価はカバーに表示してあります

2024年4月10日　第1刷

著　者　天花寺《てんげいじ》さやか

発行者　大沼貴之
発行所　株式会社　文藝春秋

東京都千代田区紀尾井町 3-23　〒102-8008
TEL 03・3265・1211㈹
文藝春秋ホームページ　http://www.bunshun.co.jp

落丁、乱丁本は、お手数ですが小社製作部宛お送り下さい。送料小社負担でお取替致します。

印刷製本・TOPPAN

Printed in Japan
ISBN978-4-16-792204-7